诗话浙江·舟山

咫尺是蓬莱

丛书编写组 编

浙江古籍出版社

编纂指导工作委员会

主　任：赵　承

副主任：来颖杰　虞汉胤

成　员：（按姓氏笔画排序）

　　　　丁如兴　邓　崴　申中华　叶伯军　叶国斌
　　　　吕伟强　刘中华　芮　宏　张东和　金　彦
　　　　施艾珠　黄海峰　程为民　潘军明

专家指导委员会

主　任：陈尚君

成　员：（按姓氏笔画排序）

　　　　吴　蓓　尚佐文　陶　然　葛永海

本册编写人员（按姓氏笔画排序）

　　　　伍大福　刘　辉　刘琨婷　张明明　张涵轲
　　　　倪浓水　黄灵霞　韩伟表

总　序

　　中国诗歌源远流长，姿态丰盈，溯其初始，皆以《诗三百》为中原之代表，以《楚辞》为南方的代表，浙江偏处东南，似皆无预。其实，万年上山遗址被誉为"远古中华第一村"，良渚遗址是实证中华五千多年文明史的圣地，越州禹庙的存在，知古越人对以编户齐民到三皇五帝传说之形成，也不遑多让。越地保存的《弹歌》："断竹，续竹；飞土，逐宍。"记录初始人民与百兽竞逐的生存状态，有可能是中国保存最早的古诗。而时代不晚于战国的《越人歌》，以"山有木兮木有枝，心说君兮君不知"的天籁之音，表达古越人两心相悦、倾情诉述的真意。从南朝时期的《阿子歌》《钱唐苏小歌》中，还能体会到古越民歌这种明丽之声的赓续和弘传。

　　秦并六国，天下设郡，会稽郡为三十六郡之一，也为越地州郡之始。到有唐一代，今浙江境内设有十州，虽历代区划皆有调整，省境规模大致底定。十一市的格局虽确定于晚近，但各市历史上无论称郡称州称府，无不文明昌盛，文士群出，文化发达，存诗浩瀚。就浙江在中华文化版图中日显昭著的地位而言，我们可以提到几个很特殊的时期。一是西晋末永嘉南渡，大批中原士族客居江南，侨居越中，越中山水秀丽，跃然于文化精英的笔端："千岩竞秀，万壑争流，草木蒙笼其上，若云兴霞蔚。"山阴道上，剡溪沿流，留下大量珍贵记录。南北对峙，南朝绵续，越地经济发展，景观也广为世知。二为唐代安史乱后，士人南奔，实现南北文化的再度融合。中唐伟大诗人白居易、韩愈、柳宗元、刘禹锡皆出身于北方文化世家，但出生或成长在江南。浙江东西道之设置将今苏南、浙江之地分为两道，其文化昌盛、诗歌丰富，已不逊于中原京洛一带。三是唐末大乱，钱镠祖孙三代割据吴越十四州，出身底层而向往士族文化，深明以小事大之旨，安定近百年，不仅使其家族成为千年不败、人才辈出的文化世家，也为吴越文化造就无数人才。四是靖康之变，宋室南渡，定都临安即今杭州，更使浙江成为全国的政治经济文化中心。此后九百年，浙江在全国举足轻重的地位，历经江山鼎革，人事迁变，始终没有动摇。

浙江人杰地灵，文化繁荣，山水奇秀，集中体现在每一时代、每一州郡，皆曾出现过一流人物，不朽著作，杰出诗篇。"诗话浙江"的编著，即以省内十一市域各为单元，选编历代最著名的诗篇，以在地的立场，重视本籍诗人，也不忽略游宦客居之他籍人士，务求反映本土之风光人情，家国情怀，文化地标，亲历事变，传达省情乡情，激发文化自信，培养乡土情怀，增进地方建设。

唐人元稹有"天下风光数会稽"（《寄乐天》）之句，引申说天下山水数浙江，应该不会有人反对。东晋孙绰《游天台山赋》以全景式的鸟瞰写出天台山之俊奇雄秀，王羲之约集家人朋友高会兰亭，借山水寄慨，是越中诗赋写山水之杰作。广泛游历，寄情山水，留下众多诗篇的刘宋大诗人谢灵运，以诗作为山水赋予了灵魂。本套丛书中杭州、绍兴、台州、温州、丽水、金华诸册，皆收有谢诗，如"林壑敛暝色，云霞收夕霏"之绚烂，"白云抱幽石，绿筱媚清涟"之妩媚，"明月在云间，迢迢不可得"之企羡，"池塘生春草，园柳变鸣禽"之惊喜，"乱流趋正绝，孤屿媚中川"之特写，"石浅水潺湲，日落山照曜"之素描，"崖倾光难留，林深响易奔"之观察，无不在瑰丽山川描摹中投入自己的真实情感，开创了山水诗的无数法门。此后的历代诗人，无论名气大小，游历深浅，无不步武谢诗，传达独到的观察与体悟，留下不朽的诗篇。

浙江各市皆有标志性的名山秀水，且因历代官民之开拓建设，历代文人之歌咏加持，而得名重天下。以旧州名言，台州得名于天台山；明州得名于四明山；处州本名括州，因括苍山得名，避唐德宗名而改；湖州得名于太湖。南湖烟雨，孕育出以朱彝尊为代表的浙西词派。西湖名重天下，离不开白居易和苏轼两位大诗人任职时的建设疏浚，更因他们写下无数脍炙人口的名篇而广为世人所知。有些名山云深道险，如雁荡山，弘传最有功者为唐末诗僧贯休，以兰溪人而得广涉东瓯名山，"雁荡经行云漠漠，龙湫宴坐雨蒙蒙"（《诺矩罗赞》）二句极其传神，此后方为世重。类似例子还有很多，读者可从全套丛书中细心阅读，会心感悟。

其实，山灵水秀触发了诗人的灵感，诗人的名篇也促使了人文景观的升华。兰亭是众所瞩目的名胜，还可以举几个特别的例子。南朝诗人沈约出任东阳太守期间，在金华建玄畅楼，常登楼观景抒情，更特别的是他还写了与楼相关的八首抒情长诗，世称《八咏诗》，名重天下，后人更将玄畅楼改名八咏楼，成为有名的故事。衢州烂柯山又名石桥山、石室山，因南朝任昉《述异记》云东晋王质入山砍柴迷路，遇二童子对弈，着迷而耽搁许久，欲归而发现斧柄已烂，从此有烂柯之名，且因此而成为围棋仙地。缙云仙都山以鼎湖峰最为著名，因其拔地而起高达一百七十多米的石柱而备受关注，传为黄帝置鼎炼丹或飞升处而知名，更成为国内著名的黄帝祭祀地，历代相关诗歌也很多。在历代诗人的共同努力下，浙江各市皆形成了有全国重大影响的山水名区与文化地标。近年在国内外有重大影响的浙东唐诗之路，借用唐代诗人宋之问《题杭州天竺寺》"待入天台路，看予度石桥"所言，即其起点是杭州（也有说法具体到渔浦潭），东行经绍兴、上虞，至剡溪经新昌、嵊州，目的地是天台山，沿途著名景点有镜湖、曹娥庙、大佛寺、天姥山、沃洲山、石梁飞瀑、国清寺等。六朝至唐的另一条诗路，则是从杭州溯钱江而上，经富阳、桐庐、兰溪、金华、丽水、青田而到温州，沿途名区也不胜枚举。近年经学者研究，唐诗之路其实遍布浙江的各个由水路和陆路形成的人文景观，在古迹复原、石刻调查、摩崖寻拓、驿路搜索等方面，都有许多新的发现，在此不能一一叙述。

浙江民风淳朴，勤劳奋发，但也有慷慨悲歌、报仇雪耻的另一面。春秋时代的吴越相争，槜李之战就发生在今嘉兴。后越王勾践在国破家亡之际，忍辱负重，卧薪尝胆，终得复国。浙江历代无数仁人志士，为国家民族生存，为乡邦安宁发展，曾做过许多可歌可泣的努力。舟山在浙江偏处边隅，有两段往事尤可称诵。一是南宋初金人南侵，宋高宗避地舟山，在海上漂泊数月，方得保存国脉。二是明清易代，浙东抗清武装退居海上，张煌言以身许国，以舟山为重要支点，坚持斗争，所作《翁洲行》倾诉了满腔爱国激情。同时陈子龙、顾炎武都有声援诗作。吴伟业所作《勾章行》写鲁王元妃的以身殉国，也可见其情怀所系。近代中国剧变，浙江受冲击尤剧，本书收入龚自珍、左宗棠、郭嵩焘、蔡元培、秋瑾、鲁迅等人诗作，分别可以看到有识之士在世变中对自改革的呼吁、守卫国家领土的努力、放眼看世界的鸿识、反抗清王朝的革命，以及创造新文化的勇气。虽然人非皆浙籍，诗或因他故，他们的功绩是应该记取的。

浙江海岸线漫长，自古即多良港，由于洋流的原因，日本遣唐使和学问僧多以越、明、台、温四州为到达和返国之地。名僧最澄、空海、圆仁、圆珍都在诸州广交友人，广参名僧，访求典籍，体悟佛法，归国后分别弘传天台宗和真言宗（空海在长安得法于青龙义操），写就中日文化交流的重要一笔。圆珍在中国的授法僧清观，曾寄诗圆珍，有"叡山新月冷，台峤古风清"（全篇不存）二句，传达中日佛教界的血脉亲情。宋元之间的一山一宁、无学祖元，再度东渡，在日本弘传临济禅法。至于儒学东传，特别要说到明清之际的朱之瑜（舜水），在长期抗清斗争失败后，他东渡日本，受到江户幕府的热忱接纳，开创水户学派，弘扬尊王攘夷的学说，成为日本后来明治维新的重要思想资源。至于宁波开埠以后西学的传入，也可从许多诗作中得到启示。

至于浙江对中国学术文化的贡献，可讲者太多，大多也可在本套丛书中读到。先从天台山说起。佛教天台宗创始于陈隋之际的智者大师智𫖮，其辨教思想与天台法理，皆使佛教中国化达到了空前高度。数传而不衰，更在日本发扬光大。天台道教则以桐柏宫为最显，司马承祯为宗师，与茅山、龙虎山并峙为江南三重镇。缙云道士杜光庭避乱入蜀，整理道藏，贡献巨大。寒山是天台的游僧，他书写于山岩石壁上的悟道喻世诗作，由道士徐灵府整理成集，流传不衰，并在现代欧美产生广泛影响。道士而为僧人整理遗篇，恰是三教和合的佳话。至于宋末元初三大家王应麟、胡三省、马端临，皆生长著述于浙东，而清初三大启蒙思想家中的黄宗羲也是浙人。黄宗羲子黄百家，更是中国弘传哥白尼日心学说之第一人。更应说到宋陆九渊、明王守仁倡导的儒家心学一派，明末影响巨大，至今仍受广泛注意。至于朱子后学如慈湖杨简、东发黄震，亦曾名重一时。本套丛书以介绍诗词为主，于学术文化亦颇有涉及，读者可加以关注。

浙江物产丰饶，各市县乡镇都有各自的特产与名品。如果举其大端，则为茶、绸、果、笋。茶圣陆羽是今湖北天门人，但他成名则在今湖州与江苏常州共有的顾渚茶山。陆羽不仅致力于茶的采摘与制作工序，更讲究茶的烹煮和水的选择，曾设计组合茶具套装。陆羽存诗不多,但湖州历代咏其茶艺之诗络绎不绝。白居易《缭绫》写越州所贡罗绡纨绮,有"应似天台山上月明前,四十五尺瀑布泉"的描述,进而质问:"织者何人衣者谁?越溪寒女汉宫姬。"直至近代,湖丝、杭绸一直广销世界。浙江果蔬丰富,如余姚杨梅、黄岩蜜橘、嘉兴槜李、湖州莲子、绍兴荷藕,皆令人齿颊生津,品啖称快。竹林遍布浙江,既可采以制作器具,又可食其初笋而得天然美味。宋初僧赞宁撰《笋谱》,主要采样于天目山笋。古代文人以竹取其高雅,食笋更见其清新出俗,在诗中也多有表达。

本套丛书由中共浙江省委宣传部策划指导,十一个市委宣传部组织编写,由浙江古籍出版社出版。各市对地方文献及历代诗歌皆有长期积累与研究,故能在较快时间内完成书稿,数度改易增删,以期保证质量。然而从浙江历代浩瀚的典籍中选取为一般读者喜闻乐见的作品,叙述作者生平事迹,准确录文并解释,深入浅出地品赏分析,实在不是一件很容易的事情。出版社邀请省内专家审稿,提出问题疑点,纠正传本讹脱,皆已殚尽心力。比如明唐胄的《衢州石塘橘》诗中"画舫万笼燕与魏",与下句"青林千顷鹿和狮"比读,初以为指牡丹,但"燕"字无着落,经反复查证,方知"燕与魏"指燕文侯、魏文帝关于柑橘的两个典故。再如文天祥经温州所写诗,通行本作"暗度中兴第二碑",中兴碑当然指湖南浯溪颜真卿书元结《大唐中兴颂》,然"暗度"该作何解?经查明刻本《文山先生全集》收的《指南录》作"暗读",诗意豁然明朗，即文天祥在人生最困难的时刻，仍然没有放弃奋斗的目标，希望大宋再度中兴。

  我们深知，作者与编辑发现并妥善解决的疑点，只是众多存疑难决问题中的一部分。整套书希望给读者提供一份浙江各地诗词的丰盛大餐，但烹制难以尽善尽美，肯定还有不足之处，敬俟读者批评指正，以期后续修订完善。

陈尚君

2024 年 11 月

前　言

梦想名山久，因之驾海来。
潮从天上涌，刹向屿中开。
金粟山为钵，莲花水作台。
磐陀望三岛，咫尺是蓬莱。

　　这是明代文人徐启东游历普陀，写下的一首五言律诗。正如诗中所言，舟山以其壮丽的海山风光、神奇的传说故事，吸引着无数国人。历代文臣武将、骚人墨客，或梦寐神往，或渡海亲至，并以他们的高情妙笔，纵情讴歌这座有着"波澜万里龙王宫、峤屿千屏仙子国"美誉，被世人称为"海天佛国"的千岛之城。

　　舟山诗词后发高起。唐元和年间，著名诗人李贺南游江浙，写下《画角东城》一诗，歌咏海乡风物，状写边城情致，如一颗照亮黑夜的耀眼流星，填补了"浙东唐诗之路"的一段空白。

　　李贺流星一闪，再度拉开舟山诗词创作帷幕的则是北宋词人柳永。大约在宋仁宗宝元二年（1039），柳永赴晓峰盐场（在今舟山），出任盐监一职。在舟山的数年间，这位词人留下了《鬻海歌》《留客住》这一诗一词，而他亲民善政的事迹，不仅被载于方志，更永远留存在海岛人民的心里。柳永前脚刚走，王安石又渡海而来。皇祐元年（1049），时任鄞县县令的王安石"奉檄巡历三乡"，调研时属鄞县的舟山地区。难得一见的山海风光，令王安石诗兴大发，写下《收盐》《秃山》等数首诗歌。

长吉前奏，柳、王启幕，后贤接力，其间吟诵唱叹，不绝如缕。陆游、文天祥、赵孟𫖯、王守仁、徐渭、汤显祖……这些闻名遐迩的文士，均不吝笔墨，写下了诸多有关舟山的诗作。壮丽海山，钟灵毓秀，其间的多文能诗者，也代不乏人，如宋有余天锡，明有张信、陶恭，清有陈庆槐、曹伟皆、厉志等，皆足成家。方外诗也是舟山诗词生态的重要组成，宏智禅师、法宁禅师创作在前，本土高僧云岫禅师承续在后，一山一宁、履端海观、东皋心越等诗僧纷至沓来，堪称大观。

舟山本土诗人刊行别集的风气出现在清代。陈庆槐《借树山房诗草》、曹伟皆《三瓮老人诗》、厉志《白华山人诗集》三部重要的诗集，均得存天壤。另有南京人朱绪曾于鸦片战争后临事舟山，其间察风土、考人文，赋有亦诗亦史的《昌国典咏》，极具特色。

四明地区素有编纂地方性诗词总集的传统，对于舟山籍诗人的诗作亦多有涉及，如明代有《甬上耆旧诗》，清代有《续甬上耆旧诗》《四明清诗略》等。其中又以《四明清诗略》收录为最，计收舟山籍诗人九十位、诗作数百首。而就在中华书局 1930 年刊刻《四明清诗略》的前一年，岱山乡绅汤濬先生手订《翁洲诗征》，录得舟山籍诗人四百余位、诗作近一千六百首，是为舟山历史上的第一部地方性诗词总集，只可惜历经劫火，今仅存其半。改革开放后，又掀起一轮整理舟山诗词的高潮，《舟山诗粹》《普陀山诗词全集》《昌国诗词》陆续出版，这些总集在今日看来，依然具有历史的意义。

一方水土，孕育一方文化。历代与舟山相关的诗词作品，大多呈现出鲜明的海洋特色。以柳永的诗词为例，《鬻海歌》直接讲述"煮海为盐"这一重要海洋经济产业的故事，而《留客住》则有"涨海千里，潮平波浩渺"的描写。可以说，舟山诗词，几乎首首有"海"，处处见"海"。海，正是舟山诗词最主要的讴歌对象。学界对此有"海上诗路"之说。浙江海洋大学的程继红教授在《梯航万里：嵊泗列岛与东海诗路》一书的总论中，就嵊泗一地，提炼出了域外诗路、岛际诗路、渔场诗路三种空间图景。在此基础上，再增添一条佛国诗路，或许便可大致勾勒出舟山全域诗词创作的面貌。研究"浙东唐诗之路"的学者提出舟山是唐诗走出国门的重要节点。此言非虚。唐宋期间，以诗歌为代表的中华文化，借道舟山，走向日本和朝鲜半岛。而到了近代，更有舟山诗词远渡欧美，原收藏在陈庆槐家中的《借树山房诗草》稿本，于清道光二十六年（1846）入藏英国国家图书馆，便是实证。

东海波涛，激荡在诗词的字里行间，也昭示着舟山人经略海洋、开发海洋的历史和未来。

"壁衢众山翠倚，赤龙白鹞争系。风帆指顾便青齐，势雄万垒。"这是南宋宰相吴潜笔下的舟山：千山叠翠，万舟云集，扼守神州沿海要冲，实为海中巨障。诗中的"壁"指壁下岛，"衢"则指古名"石衕"的花鸟岛。吴潜创建了中国历史上第一条海洋防线——海上十二铺,以防止外敌从海上入侵。而这十二铺中,有十一铺在舟山境内,壁下岛便是最后一铺。这首词作真实反映了舟山地处海防前哨的重要战略地位。这样的海防诗,至明清时期,还有曹时中《临沈家门水寨》、俞大猷《舟师》、胡宗宪《受降亭》、徐渭《与客登招宝山观海遂有击楫岑港一窥贼垒之兴》等。海防诗勃兴的前提是舟山战略位置的突出。从另一个角度来说,舟山也是联通中外的重要门户。陈福熙《赠朝鲜国崔斗灿金以振两秀才即以志别》作为全国罕见的、与漂流民往来酬唱的诗作,便印证了这一点。

"舟山如舟浮大海,万古形胜兼梯航。"陈庆槐在长诗《登黄杨尖作歌》的开篇便点明了舟山独特的自然禀赋:形胜、梯航。靠海吃海,从渔盐之利,到旅游之盛,再到港航之兴,舟山人"吃海"的方式,发生了翻天覆地的变化。这一切,古人已在诗歌中给我们做了注脚。今天,我们整理舟山地方诗词,正是为了实践"中华传统优秀文化创造性转化和创新性发展"重要精神,也是为了更好地助推舟山海洋经济提速提质、高质量发展的这一中心工作。

本册编写组
2024 年 11 月

目 录

唐五代

李 贺
　画角东城 …………………………………………… 003

宋 元

柳 永
　鬻海歌 ……………………………………………… 007
　留客住 ……………………………………………… 009

王安石
　收 盐 ……………………………………………… 011
　秃 山 ……………………………………………… 013

舒 亶
　和马粹老四明杂诗聊记里俗耳（其二）………… 015

陈 瓘
　文饶自昌国以诗见寄次韵（其二）……………… 017

晏敦复
　咏梵慧寺方丈梅 ………………………………… 019

释法宁等
　　马秦山碧云庵联句……………………………… 021
赵　鼎
　　发四明奔昌国用韩叔夏韵呈觉民参政………… 023
刘　佖
　　投泄潭龙宫……………………………………… 025
释正觉
　　航海之宝陀访真歇师兄（其一）……………… 027
史　浩
　　临江仙 题道隆观………………………………… 029
陆　游
　　海　山…………………………………………… 031
王　阮
　　昌国偶成………………………………………… 033
葛　洪
　　和颜知监晓峰道上作…………………………… 035
高　翥
　　昌国县普济寺小亭……………………………… 037
吴　潜
　　西　河 和旧韵…………………………………… 039
陈允平
　　补陀山…………………………………………… 042

文天祥
　　苏州洋……………………………………………… 044

释云岫
　　寄保宁无门讲主…………………………………… 046

释一宁
　　雪夜作……………………………………………… 048

赵孟頫
　　游补陀……………………………………………… 050

黄　溍
　　游宝陀寺…………………………………………… 052

贯云石
　　观日行……………………………………………… 055

黄镇成
　　舟过大茅洋………………………………………… 058

吴　莱
　　夕泛海东寻梅岑山观音大士洞遂登盘陀石望日出处
　　及东霍山回过翁浦问徐偃王旧城（其一）………… 060
　　望马秦桃花诸山问安期生隐处…………………… 062

盛熙明
　　游补陀（其二）…………………………………… 066

刘仁本
　　昌国道上…………………………………………… 068

戴　良
　　泛　海……………………………………………… 070
张　宪
　　送冯判官之昌国…………………………………… 073
丁鹤年
　　观太守兄昌国劝农………………………………… 077

明　清

宋　濂
　　海上杂谣（其六）………………………………… 081
郑　真
　　送岱山书院陆山长………………………………… 083
胡邦器
　　赠复漘堂…………………………………………… 085
姚广孝
　　昌国县……………………………………………… 087
张　信
　　游梅岑……………………………………………… 089
曹时中
　　临沈家门水寨……………………………………… 091
陶　恭
　　翁洲书院…………………………………………… 093

王守仁
　　泛　海 ··· 095
俞大猷
　　舟　师 ··· 097
唐顺之
　　自乍浦下海至舟山入舟风恶四鼓发舟风恬日霁波面
　　如镜舟人以为海上罕遇是日行六百五十余里············ 099
胡宗宪
　　题受降亭 ··· 103
徐　渭
　　与客登招宝山观海遂有击榼岑港一窥贼垒之兴谨和
　　开府胡公之韵 ·· 105
洪　懋
　　点绛唇　题平倭关口 ··· 107
徐启东
　　游补陀 ·· 109
屠　隆
　　补陀十二景　梅湾春晓 ··· 111
汤显祖
　　磐陀看日出 ··· 113
张世臣
　　洋峰耸翠 ··· 115

徐如翰
  雨中寻普陀诸胜之作……………………………… 117
吴钟峦
  普陀次沈彤庵韵（其一）………………………… 119
张可大
  舟山城工告竣喜赋………………………………… 121
释海观
  山居偈（其二）…………………………………… 123
张肯堂
  绝命词题雪交亭…………………………………… 125
陶顺真
  次李秋崖游隆教寺原韵…………………………… 127
冯　舒
  渡海遇雪…………………………………………… 129
高斗枢
  野哭（其五）……………………………………… 131
张　岱
  观海（其八）……………………………………… 133
彭长宜
  泊沈家门山………………………………………… 135
陈子龙
  寄献海道王兵宪…………………………………… 137

吴伟业
　　勾章井……………………………………………… 139
顾炎武
　　海上（其一）……………………………………… 144
刘世勋
　　和张定西舟山即事诗……………………………… 147
张煌言
　　翁洲行……………………………………………… 149
　　重经羊山忆旧与定西侯维舟于此………………… 153
张　莺
　　插　界……………………………………………… 155
乔　钵
　　昌国怀古…………………………………………… 158
闻性道
　　同归域歌为内丘乔参军文衣作…………………… 160
李邺嗣
　　翁州词……………………………………………… 163
张　斐
　　东海打鱼歌………………………………………… 165
姜宸英
　　夜渡横水洋………………………………………… 168

释心越
　　延宝丙辰秋宿瞿山有感（其一）…………… 170
裘　琏
　　潮音洞…………………………………………… 172
蓝　理
　　登南天门题山海大观于石上有赋………… 175
缪　燧
　　翁浦山…………………………………………… 177
吴瞻泰
　　梵音洞…………………………………………… 179
陈　璿
　　祖印寺…………………………………………… 182
汪士慎
　　观　涛…………………………………………… 184
全祖望
　　梁鸿梁山………………………………………… 187
　　陈大令岱山操…………………………………… 189
洪亮吉
　　李兵备以会勘江浙地界泛海至羊山信宿公事毕绘泛海
　　图属题率成长句以正……………………………… 192
陈庆槐
　　舟山竹枝词（其二）……………………………… 195

登黄杨尖作歌（节选） ………………………… 197
曹伟皆
　　定海山谣（其七） ……………………………… 199
　　定海山谣（其十一） …………………………… 200
陈福熙
　　赠朝鲜国崔斗灿金以振两秀才即以志别………… 202
厉　志
　　经芦花吊孙忠襄公葬处…………………………… 204
魏　源
　　自定海归扬州舟中（其一） …………………… 206
刘梦兰
　　蓬莱十景 衢港渔灯 ……………………………… 208
张际亮
　　传闻（其二） …………………………………… 210
朱绪曾
　　带　鱼 …………………………………………… 213
姚　燮
　　澄灵涧 …………………………………………… 215
　　贺新凉 月夜渡莲花洋 …………………………… 217
贝青乔
　　军中杂诔诗（其十七） ………………………… 219

张景祁
　　酹江月 葛壮节公宝刀歌 ················ 221
刘慈孚
　　沈家门 ······························ 224
释敬安
　　禅寂中忆游普陀 ······················ 226
易顺鼎
　　后　寺 ······························ 228
萧　湘
　　岱山竹枝词（其五）·················· 231
陈文份
　　横街鱼市 ···························· 233

参考文献 ································ 235
后　记 ·································· 240

浙江诗话

唐五代

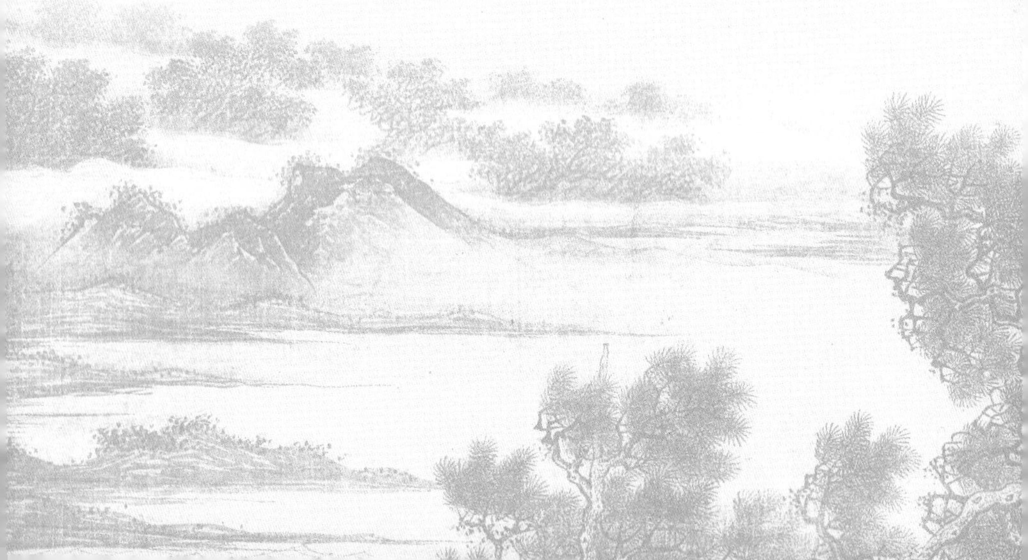

李　贺

　　李贺（790—816），字长吉，河南府福昌县（今河南宜阳）人。因避父晋肃之讳，不应进士科考试，仅官奉礼郎，后郁郁而终。少时即以乐府歌诗与前辈李益齐名，称"二李"。仕途失意，乃以全力为诗，多感时伤逝之作，用字造语，尽脱寒臼，务求新奇，蔚然大家，世称"鬼才"。有《李长吉歌诗》。其诗不乏咏及江南风物者。

画角东城 [1]

河转曙萧萧，鸦飞睥睨高。[2]

帆长摽越甸，壁冷挂吴刀。[3]

淡菜生寒日，鲕鱼溅白涛。[4]

水花沾抹额，旗鼓夜迎潮。[5]

（《李长吉歌诗编年笺注》卷五）

注　释

[1] 角：后世注家多以为误，明人曾益即称此诗"全首与画角无涉，'角'字误，当是'甬东城'……画，犹《画江潭苑》之'画'"。甬

东,句甬之东,一般指今舟山群岛,也泛指甬江以东地区。据《左传》载,越灭吴,请使吴王居甬东。　[2]河:银河。睥睨(pì nì):城墙垛,借指城墙。　[3]帆长:海船之帆较高大,故称。摽:高举的样子。越甸:越地郊野。吴刀:泛指宝刀,这里指军士所佩之刀。[4]淡菜:即贻贝。鲕鱼:鱼名,为东海特产。《吕氏春秋·本味》:"鱼之美者,洞庭之鱄,东海之鲕。"潠(sùn):喷。　[5]抹额:军士额头所扎头巾。"旗鼓"句:指夜晚军士演习战事。

赏　析

　　此诗自明人曾益指出诗题当为《画甬东城》后,学者多从此说。其中,清人王琦明确指出,此处甬东是"今浙江之定海";钱仲联、吴企明诸先生也以为李贺于元和年间曾至翁洲,即今舟山;朱自清先生更是直言:"读其诗,若非曾经身历,当不能如彼之亲切眷念。"当然,亦不乏异议者,一则认为"角"字改"甬"缺少善本依据;一则认为无法指实李贺确有南游,此诗并非纪实。两说或是或否,皆可商榷,独此诗中所咏情景,与甬东风土绾合,这是无可疑的。诗写水军操练,首联言长河渐落,晓星将沉,天色还未完全转明,乱鸦成阵,盘旋在高大的城头。中间两联尤富海洋特色,言海船的长帆高扬着迎接日出,军营壁上的军刀泛着寒光,更有淡菜向薄霭而生,鲕鱼跃初浪以出。尾联呼应首联,通过军士操练时留在头巾上的水渍,为"旗鼓夜迎潮"的军威蓄势,可谓是别开生面,平添了一份悠悠不尽的诗意。

浙江诗话

宋元

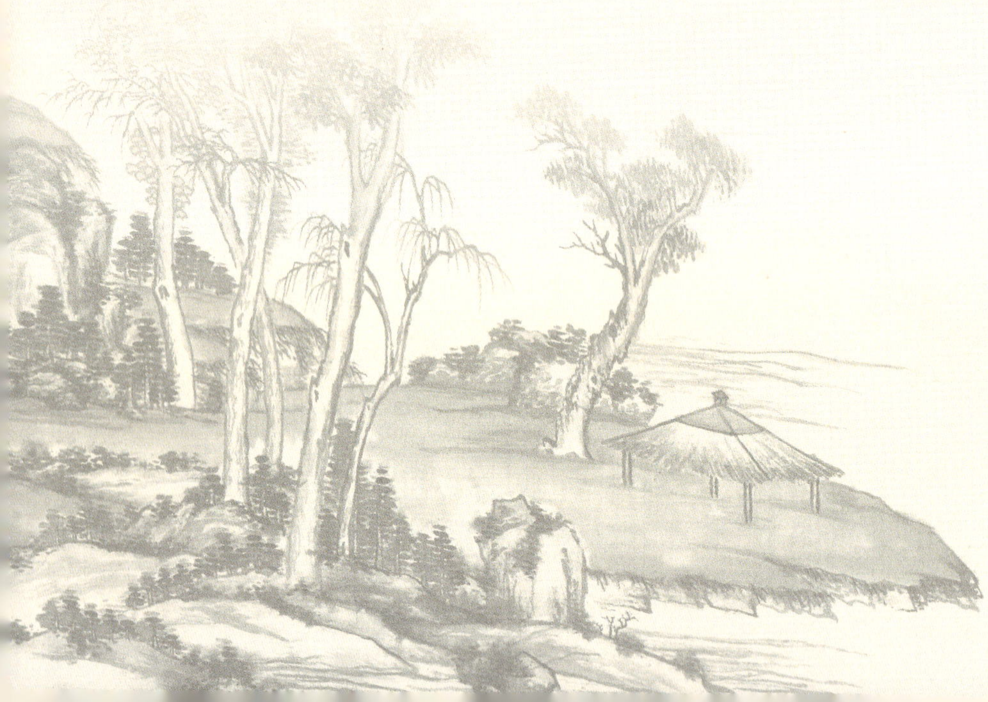

柳　永

柳永（984？—1053？），原名三变，字景庄，后改名永，字耆卿，崇安（今福建武夷山）人。宋仁宗景祐元年（1034）进士，官至屯田员外郎，世称"柳屯田"。柳永是北宋著名词人，推动慢词流衍，情深语俗，音律谐婉，风靡一时，以致"凡有井水饮处，即能歌柳词"。有《乐章集》。柳永曾监晓峰盐场（在今舟山），切念民艰，卓有清声。

鬻海歌[1]

鬻海之民何所营，妇无蚕织夫无耕。
衣食之原太寥落，牢盆鬻就汝输征。[2]
年年春夏潮盈浦，潮退刮泥成岛屿。
风干日暴盐味加，始灌潮波溜成卤。[3]
卤浓盐淡未得闲，采樵深入无穷山。
豹踪虎迹不敢避，朝阳出去夕阳还。
船载肩擎未皇歇，投入巨灶炎炎爇。[4]
晨烧暮烁堆积高，才得波涛变成雪。

自从潴卤至飞霜,无非假贷充糇粮。[5]

秤入官中得微直,一缗往往十缗偿。[6]

周而复始无休息,官租未了私租逼。[7]

驱妻逐子课工程,虽作人形俱菜色。[8]

鬻海之民何苦辛,安得母富子不贫。

本朝一物不失所,愿广皇仁到海滨。

甲兵净洗征输辍,君有余财罢盐铁。[9]

太平相业尔惟盐,化作夏商周时节。[10]

(大德《昌国州图志》卷六)

注 释

[1]鬻（zhǔ）海：煎煮海水制盐。鬻，同"煮"。 [2]原：同"源"，来源。牢盆：煮盐器具。输征：纳税。 [3]暴：同"曝"，晒。熘：同"馏"，通过风吹日晒使水分蒸发。卤：水分蒸发后形成的含盐量高的咸水。 [4]未皇：即"未遑"，指没有时间顾及。爇（ruò）：烧。 [5]潴卤：蓄积的盐卤。假贷：借贷。糇粮：粮食。 [6]微直：微薄的价值。缗：成串的铜钱。 [7]私租：民间高利贷。 [8]课：劳役。 [9]甲兵净洗：停止各种战争。辍：停止。盐铁：宋时实行盐铁官营制，俗称"盐铁专卖"。 [10]"太平"句：相传商朝贤相傅说有云："若作和羹，尔惟盐梅。"一谓制作羹汤需要盐和梅子调味，一喻治理天下需要贤才辅佐。这里化用此意。相业，宰相的功业，引申为巨大的业绩。

赏　析

　　此诗是柳永任晓峰盐监时有感于盐民艰辛生活而作。诗开篇四句点明百姓无奈从事晒盐工作是由于生计来源的匮乏;"年年"起十二句铺叙盐民晒盐的劳动过程;"自从"起八句深入刻画盐民在官赋、私租双重严酷剥削下的苦难生活;最后八句运用比拟、双关的手法,寓讽谏之意,为盐民请命,希望朝廷施行仁政,去冗兵之弊,罢盐铁之税,以成就太平治世。全诗层次井然,结构谨严,叙事真切,体察入微,悲悯情怀与仁爱之心跃然纸上,是宋诗中反映民生疾苦的代表作之一。钱锺书先生把此诗与王冕《伤亭户》看成是"宋元两代写盐民生活最痛切的两首诗"。

留客住

　　偶登眺。凭小栏、艳阳时节,乍晴天气,是处闲花芳草。[1]遥山万叠云散,涨海千里,潮平波浩渺。[2]烟村院落,是谁家绿树,数声啼鸟。　　旅情悄。[3]远信沉沉,离魂杳杳。[4]对景伤怀,度日无言谁表。[5]惆怅旧欢何处,后约难凭,看看春又老。[6]盈盈泪眼,望仙乡,隐隐断霞残照。[7]

(《乐章集校笺》卷中)

注　释

[1]是处：处处，到处。　[2]涨海：海水涨潮。　[3]旅情：羁旅者的思绪、情怀。悄：忧伤的样子。　[4]离魂：游子的思绪。杳杳：渺茫幽远。　[5]谁表：向谁倾诉表白。　[6]旧欢：昔日欢乐。后约：日后的约会。难凭：难以实现。看看：转眼，即将。　[7]仙乡：指所思念者的居处，也喻指帝京。

赏　析

　　据南宋乾道《四明图经》载，柳永监晓峰盐场时"有长短句，名《留客住》，刻于石，在廨舍中。后厄兵火，毁弃不存。今词集中备载之"。此词上片写景，起句"偶登眺"既点明了这次登高望远的偶然难得，又确立了词人观察景物的特定视角。栏杆、花草、群山、云烟、大海、村舍、鸣鸟，自近及远，又自远及近，由小到大，再由大到小，静中有动，动静相间，共同构成了一幅开阔疏朗、生机盎然的海岛春景图。而黄昏时分的"烟村院落"油然激起了词人的羁旅情思，一个"旅"字自然而然地从写景过渡到了下片的伤怀抒情。海岛与都市生活的巨大反差、昔日亲友音讯全无、生命在孤寂中耗蚀、内心孤苦无从倾诉、回归帝京遥遥无期，都令词人迷惘彷徨、黯然神伤，与上片怡然欢快的情致形成了鲜明对比。以乐景写哀情，在景与情的反差中取得强烈的艺术感染力，引发读者无尽思考。

王安石

　　王安石（1021—1086），字介甫，号半山，临川（今江西抚州）人。宋仁宗庆历二年（1042）进士。熙宁二年（1069），升参知政事，次年拜相，累封荆国公。其推行变法，颇具成效。罢相后，出判江宁（今江苏南京），病逝钟山。王安石是"唐宋八大家"之一，其文雄健峭拔，诗则擅说理，晚年所作，含蓄深婉，世称"荆公体"。有《临川集》。庆历七年（1047），曾知鄞县（今属宁波），并于任上巡历海上富都、安期、蓬莱三乡（今属舟山）。

收　盐 [1]

州家飞符来比栉，海中收盐今复密。[2]
穷囚破屋正嗟欷，吏兵操舟去复出。[3]
海中诸岛古不毛，岛夷为生今独劳。[4]
不煎海水饿死耳，谁肯坐守无亡逃。
尔来贼盗往往有，劫杀贾客沉其艘。[5]
一民之生重天下，君子忍与争秋毫。

（《王荆文公诗笺注》卷一七）

注　释

[1]收盐：指缉拿私盐。宋代实行盐茶专卖，由于官府经营不善，造成食盐供应不足，还堵塞了盐民生路。因此，官府对触犯盐政的行为严加查处，非但无法制止私盐流通，反而激起了盐民群起反抗。此诗即以此为背景。　[2]州家：州府。飞符：紧急公文。比栉：像梳齿般密集。　[3]嗟欷：叹气。　[4]不毛：草木不生，喻指贫瘠荒凉。岛夷：岛上居民。　[5]尔来：近来。贾客：商人。艘：船。

赏　析

　　此诗作于王安石任鄞县知县期间。全诗分两层。前四句写官府颁令收盐的暴政景况。官府督责严苛，官兵缉拿紧张，致使盐民形同囚犯，躲避于破屋之中，忍受饥饿，长吁短叹。等到官兵离去，他们才敢出来。寥寥数语，便揭露出海岛百姓生计因官商勾结而遭破坏的事实。后八句写百姓因穷而逃、因穷而反的现状。海岛本来就是穷困之地，难以谋生，而官府竟然对贫困的盐民施以苛政，如此之下，盐民遁逃反叛乃是必然之事。诗人虽然沿用"贼盗"一词，但指斥的对象却是"州家"与"君子"，态度极其鲜明。此诗直接反映社会政治问题，正言官逼乃民反之源，可谓慷慨陈词，为民请命。全篇语言质朴，以直叙为主，间以议论，结句更见关心民瘼之宏旨，有杜甫、白居易之遗风。

秃 山

吏役沧海上，瞻山一停舟。[1]

怪此秃谁使，乡人语其由。

一狙山上鸣，一狙从之游。[2]

相匹乃生子，子众孙还稠。[3]

山中草木盛，根实始易求。[4]

攀挽上极高，屈曲亦穷幽。

众狙各丰肥，山乃尽侵牟。[5]

攘争取一饱，岂暇议藏收。[6]

大狙尚自苦，小狙亦已愁。

稍稍受咋啮，一毛不得留。[7]

狙虽巧过人，不善操锄耰。[8]

所嗜在果谷，得之常似偷。

嗟此海中山，四顾无所投。

生生未云已，岁晚将安谋。[9]

（《王荆文公诗笺注》卷一九）

注 释

[1]吏役：因公出差。 [2]狙：猿猴。 [3]相匹：成为配偶。稠：众多。 [4]始：起先。 [5]侵牟：侵夺。 [6]攘争：争夺。藏收：这里指储藏食物。 [7]稍稍：渐渐。咋啮：啃嚼。 [8]锄耰（yōu）：泛指农具。耰，一种平整土地和覆种用的农具。 [9]生生：繁殖不息。安谋：如何善后。

赏 析

王安石巡视海上，见山多童秃而无木，向乡民询问缘由，竟是岛中猿猴盘踞，繁衍不息，最终陷入"生育渐众而不给"的困境。诗人遂以此为譬喻，犀利批判"天下生齿日众，吏为贪牟，公家无储积，而上未尽教养之方"的种种弊端，这对当时矛盾日益尖锐的社会形势来说，不啻为严重警告。此诗继承了先秦诸子惯用的寓言体，又受到柳宗元名篇《憎王孙文》的影响，蕴含的思想极为深刻。虽然从艺术上来说，此诗并非王安石笔下的上乘之作，但却足见其以学理入诗、以议论为诗的特点。

舒亶

舒亶（1041—1103），字信道，号懒堂，慈溪（今属浙江宁波）人。宋英宗治平二年（1065）进士，后任监察御史里行，以作歌诗讥切时事为名，参与弹劾苏轼，酿成"乌台诗案"。累官至御史中丞，不久坐罪废斥。诗多近体，词多小令，以写景咏物见长。有文集，已佚，近人辑有《舒懒堂诗文存》。

和马粹老四明杂诗聊记里俗耳（其二）[1]

澄水铺千练，平山伏万犀。[2]

月桥莲棹小，春圃酒旗低。[3]

蓬岛云长在，桃源客不迷。[4]

风流未寂寞，游屐半香泥。[5]

（《舒懒堂诗文存》卷一）

注 释

[1] 马粹老：即马玠，字粹老，庐州人。嘉祐八年（1063）进士。能诗，与舒亶、黄庭坚等人多有唱和。四明：原指四明山，因山有四穴，形如天窗，能通日月星辰之光，故名。后多指称今宁波、舟山地区。里

俗：故乡风俗。　　[2]练：绢布。这里形容水面平静澄澈。犀：水犀。这里形容群山高下起伏。　　[3]莲棹：采莲的小船。春圃：春日的园圃。　　[4]"蓬岛"句：诗人自注："邑有蓬莱乡，古史云金银为宫阙，望之如云。"蓬莱山是传说中的海上三仙山之一。蓬莱乡初为鄞县所辖，后属昌国县，乡境相当于今岱山、衢山、嵊泗诸岛。桃源：即桃花源，喻指世外乐土。　　[5]风流：流风余韵。游屐：出游时所穿的木屐。香泥：指沾染了花香的泥土。

赏　析

　　此组诗属于和作，唱和对象马琬是庐州人，其《四明杂诗》今已不存，大抵是以游客眼光摹写四明风光。而舒亶作为慈溪人，自然对四明的风土人情更为了然，故通过和诗的形式，为友人介绍家乡。组诗共十首，其中这首提及蓬莱乡。全诗先从大处着眼，描绘水色澄静、冈峦起伏的四明风光。颔联撷取"月桥莲棹""春圃酒旗"两处风物景观，点明时间为春夏之交。颈联由四明陆上风光转至海上，并引前人"三神山以金银为宫阙"之说作注，为海上诸岛蒙上了神秘面纱，由之更言蓬莱乡正如陶渊明笔下的世外桃源，只是桃源易迷，蓬莱乡却一航可达。尾联收束全诗，"游屐半香泥"更见四明山水风物之美，引得游人雅兴。唐宋以来，以组诗歌咏乡邑名胜在文人中非常流行，而此组"里俗"诗紧扣主旨，美而不失新奇，是其中的佼佼者。

陈 瓘

陈瓘（1057—1124），字莹中，号了斋，沙县（今属福建）人。宋神宗元丰二年（1079）进士。平生谦和无争，矜庄自持，且刚正不阿，故见罪于蔡京一党，仕途坎坷不显。有《了斋集》等。元祐四年（1089），签书越州判官，摄明州（今宁波、舟山地区）通判。

文饶自昌国以诗见寄次韵（其二）[1]

海邦渺渺知何在，风入高帆顷刻过。[2]

何似一樽湖上酒，月明安稳照寒波。

（延祐《四明志》卷二〇）

注 释

[1]文饶：即苏敖，字文饶，史载曾官大监，疑即昌国盐监。昌国：宋神宗熙宁六年（1073），置昌国县，析入鄞县的富都、安期、蓬莱三乡。元丰元年（1078），又并入金塘乡。其县境相当于今舟山市域。次韵：依照原诗的韵字和次序来和诗。　[2]海邦：近海邦国。这里指昌国县。

宋　夏圭　平湖泛舟图（局部）

赏　析

　　陈瑾、苏敖二人素来交好，又于同地出仕，唱和往来自然是常事。故当苏敖有诗自海上寄来，陈瑾遂依韵唱和作答。本诗首联谓一海之隔的昌国因交通不便，显得渺茫难测，但如顺风顺水之时，片帆东渡，又顷刻可达。这是写实之语。次联陈瑾自言居于明州城中，想到宦游海上的苏敖，希望他能早日归来，一同在月明波寒的湖光中饮酒作诗。这虽是虚幻的想象，但思念之情却溢于言表。

　　组诗共二首，其一云："百川滚滚到来休，此是人间第一流。鲸鲵为君翻骇浪，兰茝空自满汀洲。"表达了陈瑾对苏敖海上壮游的钦佩，同样值得品读。

晏敦复

晏敦复（1075—1145），字景初，临川（今江西抚州）人。晏殊曾孙。宋徽宗大观三年（1109）进士。绍兴二年（1132），任祠部员外郎。后权吏部尚书，兼江淮等路经制使。夙承家学，工诗文。两宋之际，至海上避祸，并留题金塘（今属舟山市定海区）梵慧寺。

咏梵慧寺方丈梅[1]

挜槛欹檐一古梅，几番有意唤春回。[2]

开花自许清香入，布叶不容炎暑来。

日射冷光侵几案，风摇翠影锁莓苔。

游蜂野蝶休相顾，本性从来不染埃。

（大德《昌国州图志》卷七）

注 释

[1]梵慧寺：始建于唐咸通年间。北宋治平二年（1065），赐额"梵慧"。遗址在今金塘。方丈：指寺院住持的居室。　[2]挜（yà）：压。欹：斜靠。

赏 析

南宋绍兴元年（1131），晏敦复避祸海上，观览梵慧寺中诸胜，题留咏梅诗一首。关于梅，古人有这样的品评标准："梅以韵胜，以格高，故以横斜疏瘦与老枝奇怪者为贵。"如此说来，梵慧寺的这株古梅是很"贵"的了。且看此梅横压栏杆，倾遮屋檐，可谓姿韵神妙。既能傲骨凌寒，又能柔情度春，别具一番风流。颔联两句宛若偈语，造语清新，立意隽永，与其说是在状写梅花，倒不如说是在吟咏一种人生境界。颈联别出匠心地以影写梅，在日华照耀下，梅化成案头影、苔上影、壁间影，通过细腻描摹"影"，梅花的神逸高洁跃然纸上。尾联结以禅意，言梅花"天然根性异，万物尽难陪"，蜂蝶自然也是难以相顾，但若让蜂蝶小憩一会儿，却也不碍本性清净。此诗咏古梅，兼咏方丈静室，亦隐喻大德境界，可谓佳制。

宋　扬无咎　四梅花图（局部）

释法宁等

释法宁（1081—1156），人称马耆禅师，莒县（今属山东）人。南渡初，修道于马秦山（在今舟山朱家尖）碧云庵。

黄龟年（1083—1145），字德邵，号竹溪先生，永福（今福建永泰）人。宋徽宗崇宁五年（1106）进士。宋室南渡，上言弹劾秦桧专主和议，阻止恢复。绍兴三年（1133），落职，隐居马秦山。十四年，遣归原籍，卒于家。

张光，生卒年不详，昌国（今属浙江舟山）人，隐居马秦山。

黄岳年，生卒年不详，黄龟年兄，曾官承事郎。

马秦山碧云庵联句[1]

团团深锁碧烟笼，安隐禅居瑞气中。[2]
万顷沧浪终夜月，更于何处觅天宫。

（大德《昌国州图志》卷四）

注 释

[1]联句：指一首诗由多人共同创作，每人一句或数句，联结成一篇，是古代作诗的一种方式。　[2]安隐：佛教用语，即安定、平静。禅居：僧人的居所，这里指碧云庵。

赏 析

　　此诗为联句，由四人相继续成。诗起句为马耆禅师法宁所出，从庵名"碧云"二字展开，言小庵为团团碧烟缭绕，深锁山中，远离人世。次句由黄龟年承接，言安居此处，更无他想，"禅居""瑞气"云云，又见碧云庵主人的佛子本色。张光所出第三句，陡为转折，其自山间小庵而放眼于山前万顷碧海、山头终夜明月，由深幽之景一变阔大之象，堪称妙笔。故黄岳年于结句言，有如此擅幽趣、合旷怀的山海风光，又何必向往天上的宫阙呢？全诗自然浑融，不着痕迹，这固然是因为四人诗艺之工，更是因为四人同有安隐之志，"禅居"便佳，"天宫"何足道哉？据元代大德《昌国州图志》载，此诗后刻之于石，堪称一段诗坛佳话。

赵 鼎

赵鼎（1085—1147），字元镇，号得全居士，解州闻喜（今属山西）人。崇宁五年（1106）进士。后拜参知政事、尚书右仆射、同中书门下平章事，兼知枢密院事。力荐岳飞出师收复襄阳。史称"中兴贤相，鼎为称首"。有《忠正德文集》。

发四明奔昌国用韩叔夏韵呈觉民参政 [1]

晓挂危樯两席开，孤城西望几时回。[2]

飘摇一舸随潮去，仿佛三山入眼来。[3]

身世从今寄云海，亲朋何在渺风埃。[4]

乘桴肆志吾安敢，就戮鲸鲵亦快哉。[5]

（《忠正德文集》卷五）

注 释

[1]韩叔夏：即韩璜，字叔夏，开封（今属河南）人。觉民参政：即范宗尹（1100—1136），字觉民，襄阳（今属湖北）人。时任参知政事。
[2]危樯：船上高耸的桅杆。席：船帆。孤城：指明州城。 [3]舸：大船，这里指宋高宗渡海所乘御舟。三山：指传说中蓬莱、方丈、瀛

洲三座海上仙山,这里代指昌国。　[4]身世:人生的境遇。风埃:这里代指战乱。　[5]"乘桴"句:语出《论语·公冶长》:"道不行,乘桴浮于海。"鲸鲵:凶恶不义之人,这里指金兵。

赏　析

　　此诗是宋高宗渡海事件亲历者的第一手记录,尤为难得。据李正民《己酉航海记》载,建炎三年(1129)十二月十五日,宋高宗在范宗尹、赵鼎等人扈从下,由明州城登舟入海,东奔昌国以避金军,此诗即是赵鼎扈从高宗渡海时,在御舟上所作。诗首联写御舟挂帆出发之景,高宗君臣西望明州,自觉前路渺茫,实不知何日才能归来。颔联写御舟飘摇海上,浮沉莫定,正在彷徨失措之际,眼前忽现数岛,那便是昌国县了。此时的昌国,于舟上君臣而言,实不啻为海上仙山般充满希望的存在。颈联转入赵鼎个人的感叹:如今寄身于苍茫云海间,亲朋亦遭战乱,杳无音讯,真有"亲朋无一字,老病有孤舟"之哀。尾联笔意振起,当此国难之际,相比于弃官而去、不问世事,廓清金兵、光复河山以实现中兴方是臣子所为。诗人由身世而念家国,由悲思转入浩气,于危难之中,能有此情真志正之作,实不负"中兴第一贤相"之名。

刘 佖

刘佖,生卒年不详,宋徽宗宣和年间为昌国县簿尉。

投泄潭龙宫[1]

未跃天衢卧寂寥,碧潭流溢海山腰。[2]

埋藏头角虽多日,鼓动风雷在一朝。[3]

既若有心成变化,岂能无意泽枯焦。

神踪许为苍生起,愿击香车上九霄。[4]

(宝庆《四明志》卷二○)

注 释

[1]泄潭:在今定海弄堂岭,是舟山古时最主要的祈雨处。 [2]天衢:天路。 [3]头角:指才能。 [4]香车:"阿香车"的省称,是传说中雷神行雷时所驾之车。九霄:天的极高处。

赏 析

古时遭遇旱情,地方主官多会前往传说中神龙寄居的水域祈求降雨,并将祭文投入水中,作为祝祷。昌国大旱,刘佖作为本

元　朱玉　龙宫水府图

县主官，亲至泄潭祭祀。从诗题中"投"字猜测，这极可能是一篇别具一格的诗体祭文，刘佖正欲借此与泄潭龙神对话。诗首联言，龙神你没有飞腾于天，想必是留恋这片青山碧潭的风光。颔联言，虽然你在此蛰居已久，但是鼓动风雷也只是一念之间的事。颈联承上而来，谓龙神如果有心做一番事业，又岂能置旱情于不顾？尾联更劝龙神以苍生为念，扶摇而上，速降甘霖，以拯群黎于危难。全诗娓娓道来，情真意切，足见刘佖祈雨之诚、忧民之切。这份拳拳之心也许真的打动了潭中龙神，史载"诗沉而雨，时人异焉"。

释正觉

释正觉（1091—1157），隰川（今山西隰县）人。自绍兴三年（1133）起，住持四明天童寺（在今浙江宁波）二十余年，弘扬曹洞默照禅风。后诏谥宏智禅师。有《宏智觉禅师语录》等。曾渡海往宝陀山（今普陀山）访师兄真歇禅师。

航海之宝陀访真歇师兄（其一）[1]

至人亲见古观音，化迹今居海上岑。[2]
烟机外分青嶂骨，水天中见白云心。[3]
潮痕拥岸棱棱雪，月魄浮波烂烂金。[4]
根境一如能所断，圆通游践法门深。[5]

（《宏智正觉禅师广录》卷八）

注　释

[1] 宝陀：其名源于梵语，音译一作"补陀洛迦"，省称"补陀"，亦作"宝陀""普陀"，意译即小白花。佛经中以此指南方观世音菩萨所居岛山，因山中多小白花树，故称。今舟山普陀山，原名梅岑山，因其地理环境与佛经所载观世音圣地相仿，故随着佛教的中国化，梅岑

山逐渐成为观世音道场，并改今名。这里当指山中宝陀寺。真歇：法名清了，与正觉禅师皆得法于丹霞子淳禅师。南渡初，浮海至梅岑山，结庵于宝陀寺旁，题榜曰"海岸孤绝处"。　　[2]至人：超凡脱俗的人。化迹：教化众生的遗迹。岑：小而高的山，这里指梅岑山。　[3]烟机：指山间的烟云。青嶂：如屏障般的青山。　　[4]月魄：月亮，这里指月光。　　[5]根境：佛教用语，即"根尘"。佛家以为眼、耳、鼻、舌、身、意为六根，色、声、香、味、触、法为六尘。圆通：佛教用语。圆，不偏倚。通，无障碍。法门：佛教指修行的门径。

赏　析

　　禅宗虽以"不立文字"为宗，但事实上，禅宗僧人往往善用诗文来传播佛法，其境界常常不下于同时代的士大夫之作。此诗为组诗二首之一，首联交待朝礼海上的原因：这里是观世音菩萨的应化道场，曾有至人在此亲见真容。颔联写渡海所见烟开青嶂、云浮中天的阔大之景。颈联及于近景：潮打崖岸，涌起棱棱雪花；月光照海，荡起烂烂金光。句中"棱棱""烂烂"妙用叠字，既具和谐的音韵美，又有形象的意境美。以上三联，均为景语，而尾联为全诗的灵魂，点明旨趣："根境一如"是修禅的较高境界，此时，我与万物、万物与我融为一体，这也是践行圆通法门的重要门径之一。全诗由景入理，正可视为正觉禅师借诗语开示的修行心得。

史 浩

史浩（1106—1194），字直翁，号真隐居士，鄞县（今属浙江宁波）人。宋高宗绍兴十五年（1145）进士，官至尚书右仆射、同中书门下平章事兼枢密使、右丞相。有《鄮峰真隐漫录》等。夙崇佛教，兼昌国盐监时，曾渡海礼潮音洞（在今普陀山）。

临江仙 题道隆观[1]

试凭阑干春欲暮，桃花点点胭脂。故山凝望水云迷。[2]数堆苍玉髻，千顷碧琉璃。[3] 我本清都闲散客，蓬莱未是幽奇。[4]明朝归去鹤西飞。三山乘缥缈，海运到天池。[5]

（大德《昌国州图志》卷七）

注 释

[1]道隆观：道观，始建于宋元符二年（1099），初名东岳行祠。宣和二年（1120），宋徽宗因守臣所请，赐额"道隆"，后损毁。址在今舟山市定海区。　[2]故山：指故乡。　[3]苍玉髻：形容山色青苍。碧琉璃：形容水色澄碧。　[4]清都：传说中天帝居住的宫阙。蓬莱：

传说中海上三仙山之一。这里指称昌国。　　[5]"海运"句：语出《庄子·逍遥游》："是鸟也，海运则将徙于南冥。南冥者，天池也。"海运，指海动风起。天池，远方的大海。

赏　析

　　此词是赏景怀乡之作。史浩任职昌国，虽与故乡近在咫尺，却山海相隔。道隆观在昌国县城外一座名为舟山的小山上。据大德《昌国州图志》卷四载："舟山，在州之南。有山翼如，枕海之湄，以舟之所聚，故名舟山。"故暮春时节，词人信步出城，登观远眺，一抒乡愁。词上片写景，景中带情，凭栏凝望故山，以胭脂比桃花，以发髻喻山岛，以琉璃状水面，着以红、苍、碧等色彩，描绘了一派斑斓夺目的暮春风光。下片转入述怀，在思念故乡之外，更进一步，直有乘风驾鹤、羽化登仙之想。这恐怕既是缘于眼前的山海风光恍如仙境，也是因为道隆观本身就富有强烈的神道色彩吧。

陆 游

陆游(1125—1210),字务观,号放翁,山阴(今属浙江绍兴)人。宋孝宗时,赐进士出身,后官至宝章阁待制。晚年闲居家中,闻北伐失利,忧愤而卒。陆游是南宋"中兴四大诗人"之一,其诗语言平易,章法整饬,或感慨时事,则慷慨激昂,或取材日常,则闲适隽永。有《渭南文集》《剑南诗稿》等。

海 山

补落迦山访旧游,庵摩勒果隘中州。[1]
秋涛无际明人眼,更作津亭半日留。[2]

(《剑南诗稿校注》卷七三)

注 释

[1]补落迦山:即今普陀山。庵摩勒果:梵文音译,一种药果,球形,有棱。相传佛教"护法名王"阿育王乐善好施,临终前将手中仅有的半个庵摩勒果布施于众僧。因此,庵摩勒果被赋予了"无垢清净,如见真性"的文化意义。这里喻指普陀山。隘:要隘。中州:本指中原,后泛指中国。　[2]津亭:渡口旁的亭子。

赏 析

开禧三年（1207）秋冬之际，陆游居山阴，回忆昔日普陀旧游，遂作此绝句。陆游粗犷又不失妩媚、豪迈又不失娴雅的风格于诗中显现得淋漓尽致。起句点明作诗缘起。次句承接开篇，以"庵摩勒果"喻"补落迦山"，直接道出了普陀山在诗人心中佛国圣地的定位，而"隘中州"正表明唐宋以来，普陀山始终是中国对外交通的海上要隘，是东亚海上丝绸之路的重要驿站。南宋乾道《四明图经》言及普陀，谓"高丽、日本、新罗、渤海诸国，皆由此取道"，正可与诗相印证。诗中"秋涛"一句最有意味，秋天的海涛无边无际，使诗人老眼为之一明。表面上写自然景观，实则更是言佛法的明澈智慧，如明净涌动的海水一般，荡涤世俗的尘埃和羁绊，令人顿悟宇宙的奥妙和人生的真谛。结句虽草草带出"津亭"一角，却已足见诗人勾留不肯离去的情意。

明　何浩　万壑秋涛图（局部）

王 阮

王阮（1140—1208），字南卿，德安（今属江西九江）人。早年从游于朱熹，为宋孝宗隆兴元年（1163）进士。王阮秉性不阿，见罪于权臣韩侂胄，奉祠归隐庐山。有《义丰集》。淳熙十五年（1188），曾以承议郎知昌国县，在任期间，筹建状元桥，并主持纂修《昌国志》，政声卓著。

昌国偶成

诸邑皆山可夜驰，海中昌国力难施。[1]
风潮阻渡由天地，期会申严限日时。[2]
愿以老身从此免，忍将人命逼诸危。
交门山下须臾死，肉食诸公知不知。[3]

（《义丰文集》）

注 释

[1]诸邑：指庆元府下属鄞、奉化、定海、慈溪、象山陆上五县。
[2]期会：原意为约期聚集，这里指按期缴纳税赋。　[3]交门山：即蛟门山，是出甬江（时称大浃江）口赴昌国县航路上的一座小岛，南

宋宝庆《四明志》谓"其山环锁海口，出鲛（蛟）门则大洋也"。古人视为畏途。肉食，指高位厚禄，泛指做官的人。

赏　析

　　王阮此诗痛陈昌国百姓所遭遇的不近人情的苛政。他说陆上五县可以连夜策马抵达，而昌国县地处海上，舟行不便。船过蛟门山，便是汪洋大海，生命交给天地海神，风向、潮流瞬息万变，更非人力可以掌控。可锦衣玉食的官老爷们却不管不顾，只是一味苛求百姓按期缴纳税赋。诗人宁愿免官弃职，也不忍笞捶虐民，因此拍案而起，大声责问食肉诸公。全篇从官府与百姓双向对比着笔，层层迈进，言正辞严，风骨凛然，掷地有金石声。王阮正直不阿的性格由此诗可见一斑。

葛 洪

葛洪（1152—1237），字容甫，号蟠室老人，东阳（今属浙江金华）人。宋孝宗淳熙十一年（1184）进士。累官至参知政事，封东阳郡公。有《蟠室老人文集》。嘉泰二年（1202），知昌国县，在任期间，重葺学宫，发扬文教。

和颜知监晓峰道上作 [1]

晓峰行处竹兜轻，好日将红送晓晴。[2]
七字苞苴勤报似，一官缠纠叹劳生。[3]
可怜此道心难写，赖有斯人眼共明。
陋巷家风还好在，翻身闹里更关情。[4]

（《蟠室老人文集》卷四）

注 释

[1]颜知监：名字、生平不详。知监，官职，即知监事。晓峰：即晓峰岭，在今定海城西。　[2]竹兜：竹制小轿。　[3]七字：七言诗。这里指颜知监来诗。苞苴：馈赠之物。　[4]陋巷家风：指安贫乐道的生活。典出《论语·雍也》："一箪食，一瓢饮，在陋巷，人不堪其

忧,(颜)回也不改其乐。"切合颜知监姓氏,故曰家风。闹里:热闹的场合,这里指官场。

赏　析

葛洪所作,大抵属于理学诗一路,不过分注重文辞,而多为传达性理。此诗虽为颜知监《晓峰道上作》一诗的和作,但提及晓峰处,亦只首联而已,其下三联均以说理为主。首联想象颜知监访察乡里,晓峰道上一台竹轿、一轮红日的情景。颔联谓颜知监频繁来诗,盛意可感,只是自己正为衙署中的琐事俗务辛劳奔忙。颈联慨叹,这样劳碌辛苦的人生,难以言尽,想必颜知监也深知为官之不易,故此时特垂青眼,来诗慰藉,使自己稍忘忧烦。颜知监的来诗,今日已不可复见,想必诗中亦道及官场嚣杂,故葛洪有"斯人眼共明"之句。尾联用颜回安于陋巷的典故,既是代颜知监阐明心事,同时也抒发了自己安于清贫、向往箪食瓢饮生活的退居之思。全诗叙志抒情,朴实动人,从中也颇能见葛洪"侃侃守正"的风仪。

高 翥

  高翥(1170—1241),字九万,号菊涧,余姚(今属浙江宁波)人。幼习科举,应试不第,以教授为业,后游荡于钱塘、金陵、洞庭、鄱阳之间,晚年居上林湖畔,名其居处为"信天巢"。其诗风格清隽,朴素自然,时见匠心。又与刘克庄等人友善,唱和往来,为南宋"江湖派"诗人之一。有《菊涧小集》。

昌国县普济寺小亭[1]

鲸海中流地,龙峰小洞天。[2]

亭高先得月,树老久忘年。

大士居邻境,闲僧指便船。[3]

若为风浪息,更结补陀缘。

(《菊涧小集》)

注 释

[1] 普济寺:据诗意理解,当为"普慈寺"之误。普慈寺,始建于东晋。北宋治平元年(1064),赐额"普慈"。遗址在今定海龙峰山下。
[2] 鲸海:大海。龙峰:即龙峰山,为普慈寺山号。洞天:名山洞府,

多指称仙境。　[3]大士：佛教对菩萨的通称。这里特指观世音菩萨。

赏　析

此诗诸本皆题作"普济寺"，疑为"普慈寺"之误。史载，当时信徒过海至普陀礼佛，往往于龙峰山普慈寺停留数日。诗人漫游四方，或因此造访普慈寺。其时月明星稀，万籁俱寂，诗人久驻佛门清静地，恍惚间仿佛已遁入空灵澄明的离尘之境。首联点出宝刹的地理位置。颔联通过对小亭、古树的描写，渲染寺中清雅古朴的气息。颈联一转，道出对普陀胜境的向往。诗至尾联，情感愈加饱满，期待风浪早息，乘舟登普陀礼佛朝拜的迫切心情溢于言表。这是一首文辞隽丽、耐人寻味的小诗，字里行间无不透露出诗人寻踪访迹、参禅悟道的不俗心境，读之若清气扑面。

元　佚名　水月观音图

吴 潜

吴潜(1196—1262),字毅夫,号履斋,宁国(今属安徽)人。宋宁宗嘉定十年(1217)进士,两度拜相,封许国公。吴潜忠亮刚直,后为贾似道排抵,卒于贬所。擅诗文,词尤工,格调沉郁,感慨特深。有《履斋遗稿》。宝祐四年(1256),曾以观文殿大学士、沿海制置使判庆元府,其间在海上诸岛建十二烽火铺。

西 河 和旧韵[1]

都会地,东南盛府堪记。[2]蓬莱缥缈十洲中,雉城拥起。[3]凭高一盼大江横,遥连沧海无际。

壁衕众山翠倚,赤龙白鹢争系。[4]风帆指顾便青齐,势雄万垒。[5]越栖吴沼古难凭,兴亡都付流水。[6]

画堂绮屋锦绣市,是洛阳耆旧州里。[7]富贵荣华当世,问昔年贺老疏狂,何事轻寄平生,烟波里。[8]

(《履斋先生诗余别集》卷二)

注　释

[1]和旧韵：指次韵周邦彦《西河·金陵怀古》词。　[2]都会地、东南盛府：皆指庆元府，当时辖境大致包括今宁波、舟山。　[3]十洲：传说大海中神仙居住的十处仙境，典出汉东方朔《海内十洲记》。后泛指名山胜境。雉城：城上矮墙。　[4]壁衙：指当时昌国县北部的壁下岛、石衙岛（今嵊泗花鸟岛）。吴潜任沿海制置使时，在岛上建有烽燧，亦为水军阅兵之处。赤龙、白鹞：皆战船名。　[5]指顾：一指一瞥之间。形容时间短暂、迅速。青齐：青州与齐州，代指沦亡的北方故土。　[6]越栖吴沼：指越王勾践隐忍复仇，覆灭吴国。语出《左传·哀公元年》："越十年生聚，而十年教训，二十年之外，吴其为沼乎。"　[7]洛阳耆旧：北宋时，文彦博、司马光、富弼等年高望重者在洛阳诗酒相娱，号"洛阳耆英会"。　[8]"问昔年"句：贺老即贺知章，自号四明狂客。这里反用天宝三载（744）贺知章晚年致仕还乡，唐玄宗诏赐镜湖剡川一曲供其隐居的典故。

赏　析

　　此词当作于吴潜以沿海制置使判庆元府期间，是极具特色的海防题材作品。词上片言浙东首善之区庆元府的繁华：凭高远眺，沧海茫茫，这座控江带海、固若金汤的城市仿佛人间仙境。中片极具地域特征：海上诸山，重峦叠翠，其中壁下、石衙最为边远，但对词人而言，却并不陌生。因为他在这些岛山上建设有烽堠十二铺，而石衙、壁下正构成这道"海上长城"的最东首。对此，明人冯梦龙曾评价："海上如此联络布置，使鲸波蛟穴之地如在几

唐　李昭道（传）　龙舟竞渡图

席，呼吸相通，何寇之敢乘！"此外，还订立"义船法"，征用民间船只，用于沿江沿海防守，构建起严密的军民联防体系，故又有"赤龙白鹢争系"之句。词人在历数其军事建设成绩之余，也表达了要从此扬帆直达青齐、恢复故土的壮志，并以吴越兴亡旧事自励。下片言今日偏安一方，朝中文武过着锦衣玉食、纸醉金迷的生活，像贺知章般著名于世的人物，又如何能寄情江海，不问世事呢？全词运笔跳跃、层次分明，融写景、叙事、议论、抒情于一体，具苍劲磅礴之气，而其中对国事的深忧，又见词人力挽狂澜的抱负和壮志未酬的无奈。

陈允平

陈允平（1220？—1295？），字君衡，一字衡仲，号西麓，鄞县（今属浙江宁波）人。曾任余姚县令、沿海制置司参议等职，后放情山水，游踪遍及江浙皖。又喜寻僧访道，曾渡海游普陀。其词脱胎于周邦彦，风格婉雅清丽，又常与周密、张炎、王沂孙等往来酬唱，诗亦多清浅语。有《西麓继周集》《西麓诗稿》等。

补陀山

茫茫东海东，古洞石玲珑。[1]

蓬岛三山近，华夷一水通。

鱼龙多变化，日月自虚空。

此境元非幻，人心隐显中。[2]

（《全宋诗》卷三五一七）

注　释

[1] 玲珑：形容山石多窍，结构精巧。　　[2] 元：原来，向来。

赏　析

陈允平罢官归隐后,放浪山水之间,足迹遍及江南,与故乡一海之隔的普陀山自然是非到不可。诗首联开门见山,点出普陀山的地理位置和以洞取胜的景色特征。普陀山属于海蚀地貌,山中古洞玲珑,各具特色,使人仿佛置身于洞天福地之中。颔联"华夷一水通"一句则表明宋元之际的普陀山已是海上交通要道,成为"海上丝绸之路"的重要坐标。其下由实转虚,颈联言鱼龙变幻、日月升沉的仙境景象,由此接入尾联的感慨:空与不空,化和不化,真实虚幻,都在心中。此刻的诗人,俨然悟道之人,寥寥数语,道尽奥妙。

清　袁江
蓬莱仙境图(局部)

文天祥

文天祥（1236—1283），字履善，一字宋瑞，号文山，庐陵（今江西吉安）人。宋理宗宝祐四年（1256）进士，官至右丞相兼枢密使。元军侵宋，文天祥率军勤王。景炎三年（1278），兵败海丰，押赴元大都，囚禁三年，于柴市从容就义。有《文山集》《指南录》等。曾出使元营被扣，于京口得隙逃脱，由长江入海，经舟山南归。

苏州洋[1]

一叶漂摇扬子江，白云尽处是苏洋。[2]

便如伍子当年苦，只少行头宝剑装。[3]

（《文山先生全集》卷一三）

注　释

[1]苏州洋：在长江口以东、杭州湾以北，相当于今嵊泗海域。因地处苏州之外，故称。　[2]一叶：形容小船。　[3]伍子：即伍子胥（？—前484），名员。其父伍奢是春秋时楚国大夫，因直谏被杀。伍子胥由楚国出逃至吴，助阖闾夺取吴国王位，改革图强，其后率吴军攻入楚都，以报父仇。行头：行装。

宋　马远　水图·云生苍海

赏　析

　　南宋德祐二年（1276），文天祥自元营脱险而归，闻听益王、广王在温州永嘉，于是辗转至通州（今江苏南通）物色一艘小船，涉海南归，继续兴师抗元。此诗即是诗人舟行扬子江出海时的所见所感。首句道尽漂泊无依的种种甘苦，而"白云尽处"的转笔，既是写实，也是心境渐趋轻快的写照。"总为浮云能蔽日，长安不见使人愁"，元兵的追缉正如蔽日的浮云，而一旦入海，远离了追缉的威胁，永嘉帅府也变得不再遥不可及。回顾过去数月生死未卜、孤身漂泊的惊心历程，诗人百感交集。这实非短短几句诗所能表达的，故只能借伍子胥出逃吴国的典实将自己的这段历程、心境托出，片言只语中饱含无尽之意。

释云岫

释云岫（1242—1324），字云外，号方岩，昌国（今浙江舟山）人。师事直翁禅师，遍叩丛林名宿。元仁宗皇庆年间，住持四明天童寺。云岫阐扬曹洞宗风，说法宏通，又善于接引后学，日本、朝鲜慕名前来参学者众多。有《云外云岫禅师语录》。

寄保宁无门讲主[1]

锦障桃花春色里，白衣雪屋月明中。[2]

此时此意无人会，海上仙山第一峰。

（《云外云岫禅师语录》）

注 释

[1]保宁：指保宁院，始建于五代，宋治平二年(1065)，赐额"保宁"。遗址在今舟山朱家尖岛。无门讲主：生平不详。讲主，佛教用语，指升座讲经说法的高僧。 [2]锦障：锦制的屏障。白衣："白衣观音"的省称。

赏 析

云岫禅师俗家在安期乡白云山（今桃花岛），与马秦山一水之隔，故对保宁院所在的地理、风光十分熟悉，诗即由此展开。"锦障"一句，指马秦山南的桃花山，而以"春色"二字烘托山上花树如锦的景象。"白衣"一句，则指马秦山北的白华山，亦即今普陀山，联想到山间所住的白衣观音大士，又有了冬天雪落寒山、月华明净的想象。诗后半的构思当是借鉴五代延寿禅师所作偈语："此境此时谁会意，白云深处坐禅僧。"但全诗不似延寿之偈那般冷寂。居马秦山上，春天花光锦色，冬天寒雪明月，正合"春有百花秋有月，夏有凉风冬有雪"之意。而"海上仙山第一峰"的风景随时变换，如同真心自体，非言所诠，唯有入者，只在心

宋　张月壶（传）　白衣观音像

知。全诗情境合一，自然圆融。正如云岫自言："诗胜境则境归于诗，境胜诗则诗不入境。诗与境合，见诗即见境；境与诗合，见境即见诗。"

释一宁

释一宁（1247—1317），号一山，临海（今属浙江台州）人。自幼出家。大德三年（1299），元成宗赐号"妙慈弘济大师"，以"江浙释教总统"衔出使日本。后留日近二十年，受请住持建长、圆觉、南禅诸刹，被日本后宇多法皇誉为"本朝一国师"。一宁兼通儒道，又工诗文、擅书法。有《一山国师妙慈弘济大师语录》。早年曾先后住持昌国祖印寺、普陀宝陀寺。

雪夜作

寒添少室齐腰恨，冻结鳌山客路情。[1]

一夜打窗声淅沥，又因闲事长无明。[2]

（《一山国师妙慈弘济大师语录》卷下）

注　释

[1]"寒添"句：典出《景德传灯录》。传说慧可禅师往少室山参礼达摩祖师，夜晚天降大雪，慧可坚立不动，到天明积雪过膝。这份至诚打动了达摩。慧可后来在达摩门下开悟，得传衣钵。鳌山：即镇鳌山，在今定海。一宁禅师曾于鳌山祖印寺开法。客路：旅途。　[2]淅沥：这里指雪声。无明：佛教用语，这里指烦恼。

赏　析

　　不同于说理偈的空灵圆融，赴日禅僧所作抒情偈，多咏叹喜怒哀乐、生老离别的世俗之情，又因远离故土，往往饱含羁旅之思。此诗今存一宁手迹，见藏于日本京都建仁寺，据落款，乃书于"正和乙卯腊月"。"正和"为日本年号，乙卯腊月即公元1316年初。故诗极可能作于其时。提到雪夜，难免令人想到慧可立雪、达摩传法的故事。首句便用此公案，既写眼前雪景，又借以阐明精义。其下述及全诗主旨。鳌山祖印寺对于一宁禅师而言，别具意义，故次句便以此指代令人思念的故土。"冻结"二字用通感修辞，意谓雪夜的寒冷，似乎将思念之情都冰冻起来。诗后半直言，在这雪声淅沥的深夜，即便作为方外之人，也不免心生愁情，这思乡的"闲事"，似乎成为障道的无明烦恼。全诗情景交融，尤见深厚情思。作为日本"五山文学"鼻祖，一山一宁禅师继承中土传统，融合禅宗思辨，所作清闲高雅，意味悠长，在日本文化史上大放异彩。

赵孟頫

赵孟頫（1254—1322），字子昂，号松雪道人，湖州（今属浙江）人。宋宗室。仕元，官至翰林学士承旨。书擅六体，画亦兼工，为"元人冠冕"。有《松雪斋文集》。大德五年（1301），奉诏渡海，并书《昌国州宝陀寺碑记》。至治元年（1321），石室祖瑛禅师将赴昌国隆教寺，赵孟頫又书《送瑛公住持隆教寺疏》，这幅作品也被后人视作其在世的最后一件大作。

游补陀

缥缈云飞海上山，挂帆三日上孱颜。[1]
两宫福德齐千佛，万里恩光照百蛮。[2]
涧草岩华多瑞气，石林水府隔尘寰。[3]
鲰生小技真荣遇，何幸凡身到此间。[4]

（《补陀洛迦山传》）

注　释

[1]挂帆：行船。孱颜：高峻的山岭，这里指普陀山。　[2]两宫：指皇室。百蛮：古代南方少数民族的总称，这里泛指芸芸众生。

[3]华:花。尘寰:人世间。　　[4]鲰(zōu)生:浅薄愚陋的人。此为诗人自谦。小技:诗人对自己书画诗文等技艺的谦称。

赏　析

　　这首诗是赵孟頫大德五年游历普陀山时所作,笔墨之间无不流露出对这一佛国圣地的赞叹与神往。首联写乘舟泛海谒普陀山。"缥缈云飞"说的是普陀山云雾缭绕,宛若神秘的仙境;"挂帆三日"则反映出诗人迫不及待的心情,希望顺风顺水,尽快抵达。颔联谓普陀山香火鼎盛,名扬天下,受到历朝历代皇室的荫庇。颈联浮想联翩,普陀圣境的一草一木、一涧一池恐怕都在暮鼓晨钟、梵音禅唱中添了灵气。尾联自言有缘得遇如此圣地,实乃幸事,语意谦恭,又兼颂圣。全诗构思精巧,对仗工整,行云流水,皆成妙笔。颔联二句尤为精彩,"齐千佛""照百蛮"格局甚大,气势恢宏,读来朗朗上口,颇有豪气,是干净利落的不俗手笔。

元　赵孟頫　送瑛公住持隆教寺疏(局部)

黄　溍

黄溍（1277—1357），字晋卿，义乌（今属浙江金华）人。少从宋遗民方凤学，壮岁隐居不仕。元延祐三年（1316），赐同进士出身。后入朝，历任应奉翰林文字、国子博士、翰林直学士等。至正十年（1350），致仕南归。其博极群书，剖析经史，文辞博赡，兼工书画，为元代"儒林四杰"之一。有《金华黄先生文集》等。

游宝陀寺[1]

十年望沧海，临流不能度。

苍茫岁华晚，邂逅舟楫具。

拂衣乘天风，挂席随烟雾。

旦从蛟门发，暝投翁洲住。[2]

前瞻积水深，岛屿青无数。

梅岑特孤绝，遥见日出处。[3]

寄身人境外，矫首禅关路。

粲粲金砂石，离离白花树。

高期惬幽抱,历览增遐慕。[4]

俯伏苔磴间,庶与真灵遇。

二边非可取,三观何时悟。[5]

嗒然坐忘言,目送寒潮去。[6]

(《金华黄先生文集》卷四)

注 释

[1] 宝陀寺:即今普陀山普济寺。明万历三十三年(1605),赐额"护国永寿普陀禅寺",宝陀一名始弃。 [2] 蛟门:即蛟门山。翁洲:舟山古称。 [3] 梅岑:即梅岑山,普陀山古称。 [4] 幽抱:幽独的情怀。遐慕:对过去人、事的企慕。 [5] 二边:佛教语。谓事物相对的两个方面,如有和无、断和常等。固执于片面之见,均为妄想。三观:佛教语。宗派不同,三观的解释亦不同,其中以空观、假观、中观影响最大。 [6] 嗒然:形容物我两忘的神态。

赏 析

元统元年(1333)冬,黄溍访谒普陀山。此诗很可能即作于同时。"十年"两句表达了诗人对普陀山渴慕已久却无缘拜谒的情愫。"苍茫"起八句抒写了意外成行的欣喜,以及海上航行的见闻。"梅岑"起六句,描述普陀山独特的地理状貌和山中的风物。最后八句抒发长久心愿一朝得了的愉悦心情,以及普陀山种种风物、传说、人事、氛围所带来的思考。从诗中不难看出，这番游历对诗人而言，并非单纯出于欣赏海天孤绝的奇景，更多是对心中夙愿的补偿，具有聊慰平生的意味。此行是一次心灵的净化，诗人向慕的是不中不边的禅境，推重的是圆融无碍的三观法门，在"嗒然坐忘言"中体现的自然是对佛学的默悟。全诗抒情则情真意切，写景从大处落笔，状物似物现眼前，思虑而一转三折，意境隽永，富于韵致。

宋　赵伯驹（传）　摹李昭道海天旭日图

贯云石

贯云石（1286—1324），原名小云石海涯，因父名贯只哥，遂以贯为氏，字浮岑，号酸斋，畏兀尔人。以父荫袭两淮万户府达鲁花赤，后让爵于弟。元仁宗时，官拜翰林侍读学士，不久辞官，隐居钱塘。其诗文冲淡有致，亦能书，自成一家。有《贯酸斋集》。延祐四年（1317）春，南游浮海，作《道隆观记》，又登普陀观日。

观日行

丁巳春三月，余之所谓宝陀，山巅有石曰"磐陀"，可观之。初疑其大不可量。既归宿作，方夜半之余。诗僧鲁山同赋。[1]

六龙受鞭海水热，夜半金乌变颜色。[2]

天河醮电断鳌膊，刀击珊瑚碎流雪。[3]

朔方野客随云闲，乘风来游海上山。[4]

飞骧拖空渡香水，地避中原杂圣凡。[5]

壮鳌九尺解霜鼓，瘦纹巨犬自掀舞。

惊看月下墨花鲜，欲作新诗授龙女。[6]

人生行此丈夫国，天吴立涛欺地窄。[7]

乾坤空际落春帆，身在东南忆西北。

（《元诗选二集》）

注　释

[1]丁巳：即延祐四年（1317）。磐陀：在今普陀山梅岑峰西巅，由两石相累如磐，望之如悬，观之欲坠。　[2]六龙受鞭：传说日神乘车，驾以六龙，羲和为御者，鞭龙而行。金乌：指太阳。传说日中有三足乌，故称。　[3]断鳌膊：传说女娲断鳌足以立地之四极。"刀击"句：形容日出时朝霞漫天的样子。　[4]朔方野客：诗人自称。朔方，北方。　[5]飞骧：飞奔的马。香水：即香水海，佛教传说中香水海围绕着世界的中央须弥山，因其水质清香，故名。这里代指舟山本岛与普陀山之间的莲花洋。圣凡：圣者和凡夫。　[6]墨花：传说秦时方士安期生入海为仙，酒醉而洒墨于石，墨迹在石上形成灿烂的桃花纹。　[7]丈夫国：传说中的国名。《山海经·海外西经》："丈夫国在维鸟北，其为人衣冠带剑。"这里借指地处海外的普陀山。天吴：传说中的水神。《山海经·海外东经》："朝阳之谷，神曰天吴，是为水伯。"

赏　析

贯云石弃官归隐，悠游于江湖之间。此诗正记录了他在普陀山磐陀石观日的经历。开篇四句，诗人如此描绘日出海面时的壮观景象：茫茫大海都蒙上了朝阳散发的烂红色光华，海水似乎都沸腾起来；此时此刻，已不能辨清天地四维所在，只见中天片片如雪的灿烂云霭，仿佛是击碎了的珊瑚玉树。其下写普陀山远避

宋　佚名　沧海涌日图

凡尘，星罗棋布的大小岛屿环列拱卫，确如海上灵山。回首看山间墨纹鲜艳的怪石，直欲蘸其余墨，书写瑰丽的诗文献给龙女。诗至篇末，在表达对海上日出壮观景象的慨叹之余，情调突转深沉，似乎亦有了几分观止倦游之意。全诗主客观交融，在意境上刻意求新，借诞幻之笔，抒缥缈之情，思维跳荡，想象丰富，修辞夸张，风格奇崛。郑振铎先生更称此诗"气概雄壮少匹"。

黄镇成

黄镇成（1287—1361），字元镇，号存斋，邵武（今属福建）人。自幼笃志于学，就试落第，遂绝意仕进，隐居著述。通经史，又工诗文，状写山水田园之作尤具特色。有《秋声集》《尚书通考》等。性好壮游，元至顺二年（1331）有普陀之行。

舟过大茅洋 [1]

涨海浑茫寄一桴，候神东去接方壶。[2]
帆随雪浪高还下，岛浸冰天有若无。
雁影斜翻西日远，潮声直上晚云孤。
投缗拟学任公子，掣取封鳣饫万夫。[3]

（《秋声集》卷二）

注 释

[1] 大茅洋：即大猫洋，在秀山岛西，南接舟山本岛，北抵岱山岛。
[2] 浑茫：谓广大无边。方壶：传说中海上三神山之一。 [3] "投缗"二句：典出《庄子·外物》。传说任公子制一硕大鱼钩，以五十头肥牛为鱼饵，坐在会稽山上，投竿东海，后钓得巨鱼，便将其切成

小块，制成肉脯，浙江以东、苍梧以北的人都得以饱食之。缁，黑丝绳。封，大。鱬，同"鲸"。饫（yù），饱食。

赏　析

　　诗人在漫游之中，舟过大茅洋写下此诗。首联谓诗人欲驾一叶扁舟，去寻找海上仙山、避世佳处。这其实也是元末动乱中世人的一种真切愿望。中间两联写海上景象，船随着海浪高低起伏，海中岛屿时隐时现，高下有无之间，构成了立体变幻的动态画面；雁影和潮声则从远海至近岛，从海岬到冈峦，更丰富了"景深"的层次。这一切不禁激起了诗人的豪情，这不正是《庄子》中任公子垂钓大海，"白波若山，海水震荡，声侔鬼神，惮赫千里"的景象吗？于是诗人想象如任公子般投缁东海，欲钓大鲸，使天下苍生俱得饱食。元代末年，百姓生活极为困苦。尾联的这一想象即反映了诗人匡时济民的思想。明人称黄镇成"诗多奇警"，此诗所写航海景象及其浮想便有出奇之处。

吴 莱

　　吴莱（1297—1340），字立夫，浦江（今属浙江金华）人。出身世家，应进士试不第，以乡贡士举礼部，因与当政不合，退隐山中，讲学著述以终。与黄溍、柳贯并称元代"浙东三大家"。其文章纵横开阖，崭绝雄深；诗则擅古体歌行，瑰玮奇肆。有《渊颖集》。门下弟子如宋濂、戴良，皆卓然成家。吴莱平生喜远游，曾出蛟门，浮海东，赋诗极多，并撰《甬东山水古迹记》。

夕泛海东寻梅岑山观音大士洞遂登盘陀石望日出处及东霍山回过翁浦问徐偃王旧城（其一）[1]

山月出天末，水风生晚寒。[2]

扁舟划然往，万顷相渺漫。[3]

星河白摇撼，岛屿青屈盘。[4]

远应壶峤接，深已云梦吞。[5]

蟠木系予缆，扶桑缨我冠。[6]

寸心役两目，少试鲸鱼竿。[7]

（《渊颖吴先生文集》卷四）

注 释

[1]翁浦：在今舟山市定海区。相传葛仙翁（一说为三国时期葛玄，一说为晋代葛洪）炼丹于此，故山名"翁山"，河名"翁浦"。徐偃王：西周时徐国国君，以仁义治国，自称为王，从之者三十六国。周穆王令楚国出兵讨伐，徐偃王选择避战，相传其率部渡海，投玉几砚于水，并筑城甬东。今尚有鼓吹峰、旌旗山等遗址。　[2]天末：天的尽头，指极远的地方。　[3]划然：忽然。渺漫：渺茫而广阔。[4]摇撼：动摇。屈盘：曲折盘绕，这里形容岛屿纷乱众多。　[5]壶峤：即方壶、员峤，传说中的海上仙山。云梦吞：语出汉代司马相如《子虚赋》："吞若云梦者八九。"云梦，古代大泽名。　[6]蟠木、扶桑：皆为传说中生长于东方的神木，亦引申作东方的神山秘地。缨：缠绕。　[7]"少试"句：化用《庄子·外物》任公子垂钓东海的典故。

赏 析

元泰定元年（1324）六月，辞官归乡的吴莱自桃花渡登舟，历蛟门，游海东，登白华，作诗赋若干以记。此诗是其东游入海，纪行组诗八首中的第一首，故可视为提纲挈领之作。诗前半实写浩大壮观的风光：在傍晚发舟、趁风渡海之际，明月初临，晚风生寒，一叶扁舟漂逐无定，愈觉万顷汪洋渺茫广阔；夜色渐深，璀璨的星河之影倒映海中，随着波涛摇动；星罗棋布的岛屿盘踞海面，舟行其间，有渐入幽窈之感。后半借神话传说，发以想象，渲染海山之精奇神秘：扁舟直下，似乎能到达传说中的仙山妙境，而深广的大海，又岂是云梦这样的薮泽可比。"蟠木"二句，亦是言跋山涉水,神山秘地咫尺可接。尾句反用"任公子钓海"之典,抒发了诗人纵目骋怀、纵情山海的陶乐之趣。全诗无多华辞,而自见开合相应,语意清空,境界浑成。

望马秦桃花诸山问安期生隐处[1]

此去何可极,中心忽伤悲。
乱山插沧海,千叠壮且奇。
信哉神仙宅,而养云雾姿。
雕镂鬼斧觓,刮濯龙湫移。[2]
坎窞森立剑,槎牙割灵旗。[3]
微涵赤岸水,暗产琼田芝。[4]
老生今安在,方士不我欺。[5]
经过燕齐靡,出没楚汉危。[6]
挟山作书镇,分海为砚池。[7]
残花锦石烂,淡墨珠岩披。[8]
东溟地涵蓄,北极天斡维。[9]
玉舄投已远,桑田变难期。[10]
誓追凌波步,行折拂日枝。[11]

羽丘杳如梦,玄圃深更疑。[12]

岂无抱朴子,去我乃若遗。[13]

空余炼药鼎,尚有樵人知。[14]

(《渊颖吴先生文集》卷四)

注 释

[1] 桃花:即桃花岛,今属舟山市普陀区。传说秦时方士安期生隐居于此,岛上有安期峰,为舟山群岛第一高峰。　[2] 雕镂(sōu):雕镂。鬼斧:鬼神使用的斧斤,喻指超人的力量。缺:同"缺"。刮濯(zhuó):冲刷。龙湫:悬瀑下的深潭。　[3] 坎窞(dàn):坑穴。槎(chá)牙:错落不齐的样子。灵旗:神灵的旗帜。　[4] 赤岸:传说中南方的地名。琼田:传说东海祖洲上,有不死之草生琼田中。[5] 老生:这里指安期生。不我欺:即不欺我。　[6] "经过"二句:写安期生历经六国纷争、楚汉争雄。　[7] 书镇:即镇纸。　[8] "残花"二句:用安期生醉墨洒石成桃花纹的典故。　[9] 东溟:东海。幹维:运转的枢纽。　[10] 桑田:传说仙人麻姑自称已见到东海三次变成桑田。后以"沧海桑田"喻世事变迁。　[11] 凌波步:语出曹植《洛神赋》:"凌波微步,罗袜生尘。"这里指仙人的踪迹。拂日枝:指传说中的扶桑树。　[12] 羽丘:"羽人丹丘"的省称,指昼夜长明的神仙处所。玄圃:传说中仙人居住的地方,在昆仑山顶。[13] 抱朴子:即晋代道士葛洪。传说有葛仙翁曾于翁山铸鼎炼丹,葛仙翁一说即葛洪。　[14] "空余"二句:史载,南宋乾道年间,有农人于翁山下得一铜鼎,疑即炼丹遗器。此二句即化用这一故实。

宋　李唐　炼丹图

赏 析

  此诗的基本思维是"望"和"问"。"望"是远眺、向往,"问"是思考、审视,"望"和"问"的结合,便是主客观的互动和融合。诗人远眺马秦、桃花二山,其上云雾缭绕,仿佛有神仙宅。而今仙人一去不返,当年的隐处又究竟何在?这"问",既是对于安期生故事的追索,其实也是吴莱对于自身命运选择的思考。此诗长于铺叙,其中既有写实处,也充满奇妙的想象,二者紧密地结合在一起。如"挟山"一句想象绝奇,山海都成为诗人几案上的陈设;"残花"一句则是直陈桃花山上的实景;"玉舄""桑田""羽丘""玄圃"种种,又都是瑰玮的神话。吴莱模仿韩孟一派的险怪诗风,在元代诗家中独树一帜,而海洋变化难测的特殊性,又使他将这一诗风发挥得淋漓尽致。

盛熙明

盛熙明，生卒年不详，名不详，以字行，祖籍龟兹（今新疆库车），占籍豫章（今江西南昌）。为人清修谨饬，笃学多能，曾以所编《法书考》进呈，元顺帝览之彻卷，命藏于禁中。元末，避居四明，浮舟海上。至正二十一年（1361），撰成普陀山历史上最早的一部专志《补陀洛迦山传》。

游补陀（其二）

惊起东华尘土梦，沧洲到处即为家。[1]

山人自种三珠树，天使长乘八月槎。[2]

梅福留丹赤如橘，安期送枣大于瓜。[3]

金仙对面无言说，春满幽岩小白花。[4]

（《补陀洛迦山传》）

注　释

[1] 东华尘土梦：喻指官场争名逐利。东华，宫城东门名，泛指朝廷。沧洲：水滨，多为隐士所居，这里指普陀山。　[2] 山人：仙人，隐士。三珠树：传说中的珍木，其树如柏，叶皆为珠。"天使"句：传

说旧时天河与大海相通，每年八月，海边可见木筏往来其间。槎，木筏。　　[3]梅福：西汉末年人物。普陀山原名梅岑山，传说即因其弃官归隐，于此山中炼丹修道得名。今尚存炼丹洞等遗迹。"安期"句：相传西汉时，临淄人李少君游历海上，遇到安期生，见其所食之枣，硕大如瓜。　　[4]金仙：指佛。

赏　析

普陀山经唐代开山、两宋发展，至元代已是著名的观音道场。盛熙明与普陀山的因缘极具传奇色彩。起初，他对普陀山"观音道场"的盛名心存怀疑，但这份成见很快被一场神异的梦所改变。梦中人言："佛经不是说，菩萨善应诸方所吗？众生信心之所向，便是菩萨应身之所在啊。"盛熙明醒后大为讶异，随即携友人渡海朝山，并不出意料地被普陀山独有的魅力所征服。其作组诗二首以记，此诗为其二。诗首联直言厌倦了勾心斗角的官宦生涯，此时海上普陀于梦中示现，不啻为一种心灵的召唤。中间两联以种种传说，渲染普陀山的神异不凡。尾联言，传说俱成遗迹，感染我的只是山岩上幽香的小白花，而小白花指代的正是观音信仰。全诗多用熟典，其目的是带出首尾两联的情感寄托，并非单纯渲染普陀风光而已。

刘仁本

刘仁本（？—1367），字德玄，天台（今属浙江台州）人。少习经术，以进士业中乙科，曾任江浙行省左右司郎中，后入方国珍幕府。方国珍兵败，刘仁本为明军被擒，鞭背而死。其学问淹雅，尤工吟咏，清隽绝俗，为时人所称。有《羽庭集》。刘仁本监督海道漕运时，间游普陀，留题数首。

昌国道上

经行昌国道，熟路问渔家。

山色遥连海，潮痕浅没沙。

畲田香穭稏，野水净蒹葭。[1]

马首斜阳下，投林数点鸦。

（《羽庭集》卷二）

注 释

[1]畲田：指采用刀耕火种方法耕种的田地。穭稏（bà yà）：稻名。

清　樊圻　山水册页之一

赏　析

  元末，方国珍曾占据昌国，纵横海上，刘仁本为其幕僚，经略海运事务，多在昌国奔走。此诗即写途中所见。首联呼应诗题。颔联写昌国以山兼海之胜景，诗人视线从眼前的山转向山脚下相连的海，最后落眼在沙滩上。尤以后半句写晚潮抚沙，最为细致，一个"浅"字描写入木三分。颈联"香""净"二字，暗扣深秋季节，正是稻谷成熟、水滨芦苇摇曳的收获好时节。"畲田"一词，点明昌国开化不足，无法与内陆平原地区相比，但原始田野风光，也有美在其中，令人神往。最后一句，从大的时间秋季，转到小的时间傍晚，落日余晖下，寒鸦投林，诗人行色匆匆，无暇久恋景致，得赶紧上路投宿去了。以此结束全诗，布局相当完整。

戴 良

戴良（1317—1383），字叔能，号九灵山人，浦江（今属浙江金华）人。从学于黄溍、柳贯、吴莱等。朱元璋取婺州，召讲经史，不久遁去，后避地吴中，依张士诚。又泛海至山东，拟归于元军。元亡，隐居山中，以遗民自居。洪武十五年（1382），召至京师，托病辞官，以忤旨入狱，次年卒。其诗风骨绝高，神姿疏秀，多眷怀宗国、磊落抑塞之音。有《九灵山房集》。

泛 海

仲夏发会稽，乍秋别勾章。[1]

拟杭黑水海，首渡青龙洋。[2]

南条山已断，北界水何长。[3]

远近浪为国，周围天作疆。

川后偶安恬，天吴亦屏藏。[4]

荡桨乘月疾，挂席逐风扬。

零露拂蟠木，旭日耀扶桑。[5]

我行无休隙，此去何渺茫。

东海蹈仲连，西溟遁伯阳。[6]

轻名冀道胜，重己企时康。[7]

孰谓情可陈，旅念坐自伤。

（《九灵山房集》卷九）

注　释

[1]乍秋：初秋。勾章：一作"句章"，古县名，县境大致为今宁波、舟山地区。　[2]杭：同"航"。　[3]南条山：泛指南方的山脉。这里指四明山脉。北界水：今嵊泗列岛一带海域。　[4]川后、天吴：皆为传说中的水神。　[5]零露：降落的露水。　[6]"东海"句：战国时，齐人鲁仲连拒绝尊秦昭王为帝，后逃隐海上以终。"伯阳"句：传说老子见周室衰乱，隐遁西游，不知所终。老子姓李名耳，字聃，一字伯阳。　[7]道胜：仁义之道获胜。时康：时世太平。

赏　析

元末，军阀割据，戴良避地吴中，先是返乡，后夏发会稽，秋别句章，从青龙洋首渡，经黑水海前往山东。诗中"南条"二句，化用吴莱"南条山断脉，北界水画疆"诗意，虽同是描述山海之势，但着以"已""何"两个虚字，更富抒情意味，而一个"长"字，又道出海行的漫长和诗人内心的忧虑。其下用"为国""作疆"极写海天空阔之景。"川后"二句，借神话故事言舟行海上的平稳。自"我行"以下，则是诗人借艰险行程，表达对无常世运的感伤。又引鲁仲连高蹈不仕、老子西出函关的典故，道出其欲隐逸避世的人生选择。然而这一选择背后，依然不能放下"冀道盛""企时康"的忧国深情，尾句更是直抒前途莫测的伤感。前人称戴良之诗"质而敷，简而密，优游而不迫，冲澹而不携"，又称其"故国旧君之思，往往见于篇什"，所论与此诗颇合。

明　周臣　北溪图

张　宪

张宪（1320？—1373？），字思廉，号玉笥生，山阴（今属浙江绍兴）人。少负才不羁，于至正初赴大都，不遇。还归富春山中，混迹于僧道之间。张士诚据吴，招为枢密院都事。后遁走杭州，寄食僧寺以终。从杨维桢学诗，长于乐府、歌行，尤多怀古感时之作，顿挫开阖，豪气磊落。有《玉笥集》。

送冯判官之昌国[1]

蕲奕将军飞上天，十年海水生红烟。[2]
惊涛怒浪尽壁立，楼橹万艘屯战船。[3]
兰山摇荡秀山舞，小白桃花半吞吐。[4]
鸱夷不裹壮士尸，白日雄兵围帅府。[5]
长鲸东来驱海鳅，天吴九首龟六眸。
钜牙凿齿烂如雪，怒杀小民如有仇。
春雷一震海帖伏，龙变海鱼安海族。[6]
烟青卤灶雪翻盘，浪暖黄鱼串金镞。[7]

海盐生计稍得苏，职贡重修遵岛服。[8]

判官家世忠孝门，独松节士之奇孙。[9]

经纶手段饱周孔，岂与弓马同等伦。[10]

昼穷经史夜兵律，麟角凤毛多异质。[11]

直将仁义犯笞榜，耻与奸赃竞刀笔。[12]

吾闻判官昔佐元戎幕，三军进退出筹度。[13]

便移韬略事刑名，坐使剽游归礼乐。[14]

凤凰池，麒麟阁，酬德报功殊不薄。[15]

九天雨露圣恩深，万里扶摇云路廓。

（《玉笥集》卷七）

注　释

[1] 冯判官：名字、生平不详。判官，为各路府、州之属官，协助地方长官处理政事。　[2] 蕲（qí）奕将军：一般认为指元末名将完者都（1299—1344），曾授蕲县翼上万户府达鲁花赤，拜浙东道宣慰都元帅。镇守庆元府期间，防范海贼、倭寇，海疆安定。昌国官民为建祠、碑于北界村。　[3] 楼橹：船上的瞭望台。　[4] 兰山、秀山：一般认为即今秀山岛。兰山本为独立的小岛，后因滩涂涨积，围海造地，与秀山连为一片。小白："小白华山"之省称，即今普陀山岛。桃花：即今桃花岛。　[5] 鸱（chī）夷：皮制囊袋。传说春

秋时，吴国大夫伍子胥死后，尸首被裹以皮囊，抛入钱塘江中。这里谓将士战死海上，遗体无皮革可裹。　　[6]帖伏：折服，顺从。[7]雪：喻指海盐。金镞：金属制的箭头。　　[8]职贡：向朝廷按时贡纳。　　[9]独松节士：指宋末在独松关（在今浙江省安吉县）抗击元军、以身殉国的冯骥。冯骥（？—1275），字德父，富春（今属浙江杭州）人，宋理宗景定三年（1262）进士。据诗意，当是冯判官祖辈。　　[10]经纶手段：指治国的本领。周孔：周公、孔子之学。弓马：骑马射箭，这里代指武夫。等伦：同类。　　[11]异质：出众的才能。　　[12]犯：制服，胜。笞榜：拷打。　　[13]元戎：主帅。幕：幕府。筹度：谋划。　　[14]剽游：贼寇游民。　　[15]凤凰池：禁苑中的池沼，喻指位高权重。麒麟阁：汉宣帝时，曾绘霍光等十一功臣像于麒麟阁，以表彰功绩。后以此表示功勋卓著。

赏　析

　　此诗或误题苏轼所作。诗分两层。开篇铺叙海贼、倭寇为非作歹，以及官兵平定匪患的过程。其中既书写了海患的历史、贼寇的凶恶嘴脸和残害百姓的暴虐行径，也用"壁立""楼橹万艘""春雷一震"等夸饰手法描写了平定海患的威势、将士同仇敌忾的士气，以及势如破竹的战绩。其间又不乏"兰山摇荡秀山舞，小白桃花半吞吐"这样描写海岛旖旎风光的摇曳笔触。荡平海患，海岛百姓重拾渔盐旧业的情形又给人以世外桃源之感，并为下文的"礼乐教化"之论埋下伏笔。以上为第一层。自"判官家世"起为第二层，切合诗题中"送"之意。诗中先夸赞冯判官出身忠孝世家，又谓其人文武双全、德才兼备，且志向远大，实乃当世罕见的杰出之士，故诗人相信冯判官到任后一定能兴教化、敦风俗，使百姓归依仁义礼乐。"凤凰池"以下数句属于送别诗的通行写法，其中既有勖勉之意，也有临行的祝愿、分别的不舍，揄扬有度，又情深意重。全诗汪洋恣肆、雄奇峭拔，前后两层用不同的笔调，形成拗峭有力的对比。

宋　杨威　耕获图

丁鹤年

丁鹤年（1335—1424），字永庚，号友鹤山人，色目人。好学洽闻，遭元季乱世，遂绝意功名，避居浙江。晚年合葬父母遗骨于武昌，庐墓而卒。以忠孝闻名，人称"丁孝子"。通诗律，工近体，诗风沉郁顿挫，诗情悱恻缠绵。有《丁鹤年集》。丁鹤年曾于从兄吉雅谟丁任昌国知州时，前往依附。后匿迹海岛，名其居为"海巢"。

观太守兄昌国劝农 [1]

东皋风日媚新晴，太守躬耕晓出城。[2]

袅袅双旌穿柳过，萧萧五马踏花行。[3]

扶藜父老陪咨访，骑竹儿童主送迎。[4]

岂意兵荒南北遍，化行沧海独升平。[5]

（《丁鹤年诗集》卷一）

注 释

[1]太守兄：即丁鹤年从兄吉雅谟丁，汉名马元德。至正十七年(1357)进士，授定海县令，升奉化知州，又调任昌国，不久卒于任上。

[2]东皋:即东皋岭一带,在今舟山市定海区。　　[3]五马:指太守。汉时,以四马载车为常礼,太守则增一马,故称。　　[4]扶藜:扶着手杖。骑竹:古时儿童玩的一种游戏。《后汉书》载,并州牧郭伋出巡,至西河美稷,"有童儿数百,各骑竹马,道次迎拜"。故这里既是实写,也有用典之意。　　[5]岂意:哪里料到。化行:教化施行。

赏　析

此诗首联以静态描写为主,显得平和、安定。中间两联转入动态描写,"穿柳过""踏花行""扶藜""骑竹""陪咨访""主送迎",以这些动态性很强的词语突出人的活动,烘托出活跃而热烈的氛围,与开篇形成动静对照。既表现了劝农之行的闲适,也体现了昌国老幼对太守吉雅谟丁的爱戴。经过如此铺垫,点出诗人所观察到的昌国"沧海独升平"的局面,其言下之意:如果元朝统治者们都能像吉雅谟丁那样克己奉公,关心人民,哪里还会"兵荒南北遍"呢?由此曲折地表达了天下太平、人民安居的美好愿望。

浙江诗话

明清

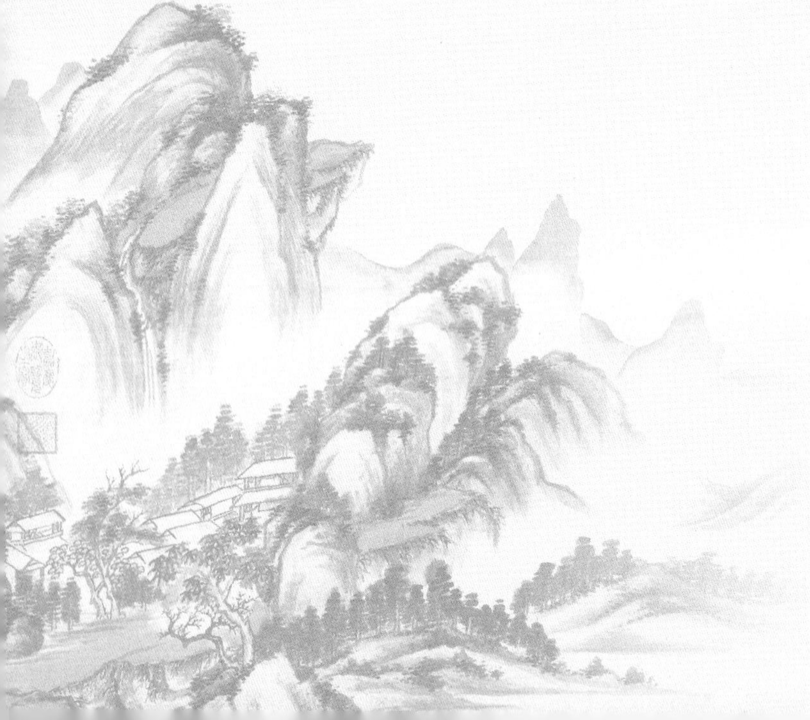

宋　濂

宋濂（1310—1381），字景濂，号潜溪，浦江（今属浙江金华）人。从吴莱学，修道著述。朱元璋征至京师，授江南儒学提举。主修《元史》，累官至翰林学士承旨。与刘基、高启并列为"明初诗文三大家"，又被朱元璋称为"开国文臣之首"。有《宋学士文集》。宋濂性近佛教，曾应宝陀寺（今普济寺）住持之请，作《清净境亭铭》。

海上杂谣（其六）

金鸡山下是蛟门，霹雳声中万马奔。[1]

放船只在须臾内，不到桃花即马秦。

（《宋濂全集》卷一〇二）

注　释

[1]金鸡山：在今宁波市北仑区，与招宝山隔甬江而对。"霹雳"句：形容水势浩大，汹涌澎湃。

赏 析

组诗十六首,此其六。诗以雄豪奔放的语言描绘了舟行甬江出海的境况。首句便直言江口海道之险:金鸡山、招宝山虽不甚高,却东西对峙,为四明屏藩。不远处的蛟门山,孤峙海中,宛如锁钥。次句以比喻的手法,写蛟门浪急风高之景:涛声澎湃,如天雷震荡;水势浩大,如万马奔腾。其下笔意一宕,转而以极为泰然的语调,写放舟直下时,因顺风顺水,桃花、马秦诸山片刻即到。虽不乏夸张,却正与诗前半所渲染的惊心动魄的氛围形成比照,凸显诗人心境的自如。

清 王翚 蛟门晓发图

郑 真

郑真（1332—?），字千之，号荥阳外史，鄞县（今属浙江宁波）人。出身文献世家，早年穷研诸经，尤长于《春秋》，学行夙著。明太祖洪武四年（1371），中浙江乡试第一，授临淮教谕，迁广信教授。与兄郑驹、弟郑凤并以文学擅名，其文章平正通达，不求险异，为宋濂所重。诗风自然清俊，至于怀乡之作，则苍凉沉郁。有《荥阳外史集》。

送岱山书院陆山长[1]

盛时文治似唐尧，庠序煌煌碧海遥。[2]
藩省故人多荐列，瀛洲仙子共招邀。[3]
沙田如草秋无雨，咸地浮花夜上潮。[4]
讲道从容云榻静，闲将风物寄清谣。[5]

（《荥阳外史集》卷九一）

注 释

[1] 岱山书院：始建于南宋咸淳九年（1273），是当时舟山地区的著名书院。陆山长：名字、生平不详。山长，即书院院长，讲学兼负责院

务。　　[2]唐尧：传说中的上古帝王，初封于陶，又封于唐，故称唐尧。后禅位于虞舜，古人多以"尧舜之治"喻指盛世。庠序：古代的地方学校，这里指岱山书院。　　[3]藩省：指地方官员。荐列：推荐。 [4]咸地：指海滨之地，因岱山多盐田、斥卤，故称。浮花：盐花。 [5]云榻：讲榻的美称。讲榻，即讲学时的坐具。风物：风光景物。清谣：原指秦汉时商山四皓所作之歌，这里泛指诗文。

赏　析

　　此诗是郑真送友人渡海赴任岱山书院山长所作。诗首联赞颂国家对于文教的重视，乃至远处海上的岱山书院也具有相当的规模。颔联对仗工整，笔致欢快，言陆山长品学皆佳，在地方为官的朋友纷纷举荐他，连海中仙人也都热情相邀。颈联言岱山远处海隅，地多斥卤，时气恶劣，这固然是诗人的刻板想象，但也是为了与尾联形成对比。尾联中，诗人以闲适的笔调描画了陆山长未来的身影：想必他一定能从容授业传道，在广袤的海天间抒写清丽华美的诗章。其中既有对陆山长的赞美与勉励，也融入了一片关切之情。郑真本人长期在各地讲学，故此诗其实同样寄托了自己对某种人生境界的追求。

胡邦器

胡邦器,生卒年不详,鄞县(今属浙江宁波)人,约生活于明初。清光绪《定海厅志》误作清人。

赠复翁堂[1]

境入翁洲触处佳,迁民痛忆旧生涯。[2]

奏闻京国三千里,诏复闾阎十万家。[3]

海上有天重日月,山中无地不桑麻。[4]

丈夫功绩应难泯,特扁高堂永岁华。[5]

(天启《舟山志》卷三)

注 释

[1]复翁堂:在今舟山市定海区小沙街道。据明代天启《舟山志》载,明初海禁,令岛民内迁,昌国人王国祚远赴南京,面见太祖朱元璋,力陈不可,获旨停迁。乡人幸之,因舟山旧称翁洲,故名王国祚宅曰"复翁"。胡邦器赠诗以贺。 [2]触处:到处。迁民:指因海禁遣迁内地的舟山人民。 [3]京国:京城。闾阎:原指古代里巷内外的门,后代指百姓。 [4]重日月:日月重光,喻指重现清明局面。桑麻:

种桑植麻，代指农事。　[5]丈夫：犹言大丈夫，有所作为的人。

赏　析

　　此诗首联言舟山风物优美，颇宜人居，被迫内迁的百姓回忆起过去岛上的生活，既痛且惜。颔联写王国祚长途跋涉，远赴京师，向明太祖朱元璋进谏，朱元璋采纳了他的建议，下诏舟山百姓重回故园生活。颈联写百姓重新过上安宁的生活，舟山田野里一派繁忙，耕作不息。"重日月"是明人常用的颂圣习语。尾联颂扬王国祚为民请命、报效桑梓的功绩，将永远作为美谈流传后世。全诗格调昂扬，浑融一体。中间两联既写"丈夫功绩"，也写"迁民生涯"，对仗工稳，互文交错，促成首尾呼应，尤见功力。

明　仇英　莲溪渔隐图

姚广孝

姚广孝（1335—1418），幼名天禧，出家后，法名道衍，号逃虚老人，长洲（今属江苏苏州）人。擅阴阳术数，明洪武十五年（1382），从燕王朱棣至北平，住持庆寿寺，时劝燕王举兵。"靖难之役"后，论功第一，拜太子少师。雅能诗文，常与宋濂、高启等文士唱和。有《逃虚子诗集》等。洪武十三年（1380），曾游至甬东，登普陀山，并撰《游补陀洛迦山记》。

昌国县

东接鸡林远帝畿，新城如铁海山围。[1]
岛民自乐鱼盐利，县令惟忻狱讼稀。[2]
云外钟声僧寺远，风前帆影贾船归。[3]
尽传此地无豺虎，日暮人家不掩扉。

（《逃虚子诗集》卷七）

注 释

[1]鸡林：原指古代朝鲜半岛上的新罗国，后泛指这一地区。帝畿：指京都及其附近地区。 [2]忻：同"欣"，喜悦。 [3]贾（gǔ）船：商船。

赏　析

　　此诗描绘了昌国县百姓夜不闭户、安居乐业，如世外桃源般自给自足的生活。首联写明昌国县的地理位置，东接朝鲜，远离京都，新城被山海围绕，如铁一般坚固。颔联言岛上居民以捕鱼、晒盐为主要经济来源，县令政事清闲。颈联"云外"一句以声衬静，更体现出昌国县的宁静与祥和，而远方归来的商船又不经意间暗示着昌国在海上贸易中的重要地位。全诗体现了诗人对昌国县民风淳朴、夜不闭户的理想生活的赞美和向往。近乎白描的笔法与冲淡平和的内容相得益彰。

清　恽寿平　花岛夕阳图（局部）

张　信

张信（1373—1397），字诚甫，昌国（今浙江舟山）人。少笃志好学，明洪武二十六年（1393），应天乡试第一，次年会试，又举进士第一，是舟山历史上唯一的状元。授翰林修撰，擢侍读，为诸王讲习经史。洪武三十年（1397），因会试所录全为南人，命张信复阅，张信坚持原取，以忤旨弃市，史称"南北榜案"。今存诗数首。

游梅岑

浮生寄丹壑，感慨兴我情。

文章岂足恃，所贵矢坚贞。

拂之蘅窦下，浩渺驾长鲸。[1]

和风洒玉宇，清奏来瑶笙。[2]

眷言梅子真，千古留其名。[3]

愿共游仙侣，趣趾上蓬瀛。[4]

（光绪《定海厅志》卷一四）

注　释

[1] 蘅窦：香洞，这里指丹井。　[2] 瑶笙：玉饰的笙。喻指仙乐。
[3] 眷言：回顾。梅子真：即梅福，字子真。　[4] 趣趾：举步。趣，同"趋"。

赏　析

　　此诗是游览普陀山所作，同时也寄托了个人的坚贞之志与归隐之念。张信最终以年轻的生命诠释了"所贵矢坚贞"的人生志向，而"文章岂足恃"大概也早已想到了。此诗"拂之"以下八句，天风海涛，自在和谐，正是对官场牵羁局促的一种反讽。西汉梅福曾于此山中炼丹修道，遁隐尘世，普陀山最初也因而得名"梅岑"，确实称得上"千古留其名"了。张信表达了效法古人、同游仙境的愿望。可惜他最终未能学得梅子真，却上了断头台。

曹时中

曹时中（1432—1521），初名节，字时中，号宜晚，以字行，华亭（今上海松江）人。明成化五年（1469）进士。弘治年间，出任浙江海道副使，任内抵抗倭寇进犯。后辞官归乡，以诗书为娱。善书，工于小楷、草书。有《宜晚集》。

临沈家门水寨[1]

才微身老一书生，水寨春深坐训兵。

山到极边看有色，潮回大海听无声。[2]

分屯里堡三军肃，斗槛云旗五色轻。[3]

击楫中流思共济，敢于生死负皇明。[4]

（天启《舟山志》卷四）

注　释

[1]沈家门水寨：在今舟山市普陀区。明洪武二十年（1387），信国公汤和所设，原为水操之地。永乐七年（1409），又设立三水寨，以御倭寇于海上。　[2]极边：非常遥远的边境。　[3]分屯：分别驻守，这里指各座山上设立的营垒。里堡：用于驻军的城堡。斗槛：战

舰。云旗：军旗。　　[4]击楫中流：东晋时，祖逖率师北伐，于长江中敲击船桨，立下恢复中原的誓言。后以此喻报效国家的慷慨志节。共济：共同成事。

赏　析

  明代中期，由于抗倭斗争的需要，沈家门由偏僻的海滨渔村，一跃成为重要的水师基地。曹时中时任浙江海道副使，在巡视沈家门水寨之际，感而作诗。首联承题而来，言自己不过是一介老朽书生，却被派来督察水师，虽有自嘲之意，实言自己责任重大，不敢有负重托。颔联极具艺术性，言群山绵延至极远之地，大海雄浑的潮流无声地回旋。此处有色却作无色，无声竟是有声，"大音希声，大象无形"，斯之谓也。颈联呼应首联中"训兵"二字，尽言海上军容之壮观。尾联则以"中流击楫"的典故阐释了"老书生"期待与三军协力，御寇于外的责任和情怀。全诗结构严密，对联严谨，情感丰沛，是军旅诗中的佳作。

陶 恭

陶恭（1451？—1541），字肃之，号翁山樵隐，昌国（今浙江舟山）人。少嗜学，后以岁贡生授江西新昌县训导，迁宁王府教授。留王府九年，作《归田赋》见志，致仕还乡。怡情林壑，诗酒自娱，撰《形胜赋》述舟山人文历史、山川地理，又修《昌国志》若干卷。有《观光集》《归来集》等，已佚。

翁洲书院[1]

三神渺漠少通津，争似此山城郭邻。[2]
蓬岛楼台虚作蜃，桃源风景别生春。
金人斫柱痕尤在，羽士烧丹鼎已尘。[3]
瑶草玉芝闲自拾，何须方外觅玄真。[4]

（天启《舟山志》卷四）

注 释

[1] 翁洲书院：原为南宋应傃、应繇叔侄读书处。淳祐九年（1249），应繇致仕还乡，改旧居以为书院，后宋理宗御赐"翁洲"匾额，遂名。址在今舟山市定海区。应傃，生卒年不详，字自得，绍熙四年（1193）

进士,也是舟山历史上第一位进士。应傃(?—1255),字之道,嘉定十六年(1223)进士,官拜参知政事。　[2]三神:即三神山。渺漠:渺无踪迹。争:通"正"。　[3]"金人"句:传说建炎年间,宋高宗渡海至昌国,金兵随之入海,登岸至道隆观,以斧斫殿柱,柱为流血,金人畏惧,亟遁去。"羽士"句:传说葛仙翁曾炼丹翁山中,南宋乾道间,耕者于其下得一铜鼎,疑即炼丹遗器,无足有耳,而底之埃墨犹在。　[4]瑶草玉芝:仙草。方外:世外。玄真:道教用语,指事物的本真。

赏　析

翁洲书院在舟山的文化史上有着重要的地位。此诗以书院为题,首联从海上三神山的神话传说横空起笔,虚处着眼,使人顿起恍惚迷离之幽思,又谓书院所在地域与神山毗邻,一个"争"字将笔锋落到实处,虚实之间,营造出历史感与神秘感。颔联顺承首联,通过海市蜃楼、海上桃源与现实的楼台、风景的虚实交接,写出书院所处环境的变幻多姿、神奇优美,如此环境,自然使人生发无穷的审美遐想。颈联金人斫柱、羽士鼎尘,含不尽沧桑之意。书院虽为弦歌之地,却代有兴废,常毁于战乱兵火,诗人于此特寓感慨。然而,斯文不绝,在诗人看来,翰墨典籍即修身瑶草玉芝、济世金丹良药,又何须执着于寻真访道呢?全诗山海风光、历史传说在虚实间融合、递转,辞藻华美,意象丰富,具有一定的哲思。

王守仁

　　王守仁(1472—1529),字伯安,号阳明,余姚(今属浙江宁波)人。明弘治十二年(1499)进士,官至南京兵部尚书、左都御史。王守仁是"心学"的集大成者,倡言"知行合一"。有《王文成公全书》。正德二年(1507),王守仁被贬贵州,途中曾泛海游舟山。

泛　海

险夷原不滞胸中,何异浮云过太空。[1]
夜静海涛三万里,月明飞锡下天风。[2]

(《王阳明全集》卷一九)

注　释

[1]险夷:崎岖与平坦,引申为艰难与顺利。　[2]飞锡:僧人持锡杖云游四方的美称,这里借指淡然对待世间荣辱的洒脱心态。此诗记录了诗人泛海悟道的深刻感受,彰显了诗人海阔天空、光风霁月的胸襟,显得禅意盎然。

赏 析

据年谱载，明正德二年（1507），王守仁因触怒刘瑾，被贬贵州，行至钱塘，发现刘瑾派人尾随，欲伺机加害，于是留下绝命诗，托言投江自杀，方得以逃脱。王守仁后登商船游舟山，于海上偶遇飓风大作。此诗虽于福建登岸后题武夷山寺壁，但所记当即泛海舟山之事。诗人谓人生的道路无论崎岖或平坦，艰难或顺畅，原本不必挂碍于心，因为一切磨难都如浮云掠过天空一样，转瞬即逝。故而面对"海涛三万里"的现实，内心却是"夜静""月明"，是光风霁月般的平静。想象自己如同一位游方高僧，执锡杖，乘天风，飞越一片惊涛骇浪。清代纪昀以"秀逸有致"评王守仁的诗作，确实抓住了其秀美洒脱、不同凡俗的特质。泛海之时，王守仁体验到"心"的力量，深知"心外无物"才能获得身心的解脱与自由，已然成了开悟得道之人。因此，这首诗完全可以看作是他创立"心学"道路上的一个重要节点。

俞大猷

　　俞大猷（1503—1579），字志辅，号虚江，晋江（今属福建）人。明嘉靖十四年（1535）武进士，授千户。后任备倭都指挥，屡破倭寇，与戚继光并称"俞龙戚虎"。其通兵法韬略，兼能诗文。有《正气堂集》《洗海近事》等。嘉靖三十二年（1553），率师直捣烈港（今名沥港，在舟山市定海区），擒贼数千，树"平倭碑"，于普陀山亦有纪功摩崖。

舟　师

倚剑东溟势独雄，扶桑今在指挥中。
岛头云雾须臾净，天外旌旗上下翀。[1]
队火光摇河汉影，歌声气压虬龙宫。[2]
夕阳景里归篷近，背水阵奇战士功。[3]

（《正气堂续集》卷二）

注　释

[1]"天外"句：谓军旗在风中上下翻飞。　[2]队火：指战船排炮时的火光。虬龙宫：传说中的龙宫，这里喻指倭寇的巢穴。　[3]归篷：

归帆，这里指凯旋的战船。背水阵：即背水列阵。这里喻指战士们决死杀敌的气概。

赏　析

  这是一首抗倭的凯歌。诗首联便透露出战争胜利的消息，作为指挥官，诗人倚剑东海，尽显气魄，海上决胜已尽在指挥之中。颔联出句既是写眼前云消雾敛的实景，同时也暗示此战将一举扫清倭寇，故对句所言，已是胜利之际，猎猎旌旗飘扬于海山间的壮观风光。颈联言炮火之光在倒映着银河的海水中摇动，凯歌响起，声势之大，既会惊动海底龙宫，又能震慑盗贼倭寇。尾联捕捉到夕阳中战胜班师的景象，在诗人看来，这一切都要归功于战士们的英勇无畏。全诗意境雄阔，气势磅礴，又擅用比喻、夸张等手法，给人以强烈的感染力，而其中自然流露的壮怀，又足见诗人豪气。清代学者梁章钜曾这样评价："公以韬钤宿将，似不必与诗人争短长，然读其诗，乃有拔山挽河之概。"

唐顺之

唐顺之（1507—1560），字应德，一字义修，号荆川，武进（今属江苏常州）人。明嘉靖八年（1529）进士，通晓天文、数学、乐律，兼擅武艺，倡导经世之学，又提倡效法唐宋散文，与茅坤、归有光等被称为"唐宋派"。有《荆川先生文集》等。唐顺之曾以兵部郎中督师浙江，亲率兵船御倭。

自乍浦下海至舟山入舟风恶四鼓发舟风恬日霁波面如镜舟人以为海上罕遇是日行六百五十余里[1]

岛夷频不静，玉节远何之。[2]

誓清万里寇，敢惮一身危。[3]

闽卒精风候，吴儿惯水嬉。[4]

黄头纷百队，白羽飐千旗。[5]

击鼓灵鼍应，挥戈海若随。[6]

龙惊冬不蛰，鲛畏昼停丝。[7]

昨夜波潮怒，中宵云雾披。

天澄镜光发，风嫩縠纹滋。[8]

邹衍瀛洲数，庄生秋水词。[9]

乾坤元莽阔，人世自牵羁。[10]

已傍渔山泊，还寻马迹期。[11]

日升看晷转，途变识针移。[12]

双屿厓门险，半洋礁石奇。[13]

从来惟贼路，今日有王师。[14]

待献经营绩，三山勒一碑。[15]

（《重刊荆川先生文集》卷四）

注　释

[1]乍浦：今属浙江嘉兴。四鼓：即四更，指凌晨一点至三点间。 [2]岛夷：指倭寇。玉节：玉制的符节，为帝王使节出使所持，这里是奉命督师的诗人自谓。 [3]敢惮：不畏惧。 [4]闽卒：福建籍士卒。风候：这里指海上气候。吴儿：江浙籍士卒。水嬉：原指水上游戏，这里指水上作战。 [5]黄头：汉代水军头戴黄帽，故后世多称水军为"黄头"。白羽：这里指军船上的旗帜。 [6]灵鼍（tuó）：即鼍龙，其鸣声如鼓。海若：传说中的海神。 [7]鲛：即鲛人。传说鲛人能织薄纱，入水不湿，谓鲛绡。 [8]镜光：指波面如镜，泛着明亮的光。风嫩：微风。縠纹：绉纱的细纹，这里指细小的波浪。滋：指不断泛起。 [9]"邹衍"二句：意谓世界之广大，海洋之无

垠。邹衍，战国时齐国人，主张"大九州说"，认为儒者所谓的中国，不过占天下的八十一分之一；九个中国这样的州合在一起，称为"大九州"，有裨海环绕；而九个"大九州"外，又有大瀛海环绕，那才是天地的边际。庄生，即庄子，所作《秋水》借北海神与河神的对话说明大海的辽阔无垠。　[10]元：本来，原本。莽阔：苍茫辽阔的样子。　[11]渔山：即今鱼山岛，属舟山市岱山县。马迹：即今泗礁山，属舟山市嵊泗县。　[12]针：指用于测定方向的罗盘针。[13]厓门：一作"崖门"，指海上岛礁对峙如门户，多为险要之地。半洋：即半洋礁，在今泗礁岛、嵊山岛之间。诗人自注："双屿港、半洋礁皆海中。"　[14]贼路：倭寇进犯的海路。　[15]经营：指抗倭事业。三山：原指传说中的海上三神山，这里特指洋山、马迹山及衢山，明代抗倭将领多将此三岛视为海上要塞。勒一碑：铭石纪功。

赏　析

此诗当作于嘉靖三十七年（1558），记叙了诗人以兵部郎中督师浙江、备倭抗倭的一次海巡行动。初由乍浦登舟入海，次日傍晚舟泊鱼山岛，其海巡方向是马迹山，复南下往六横双屿。这条海巡路线，原是倭寇侵犯、海寇横行的"贼路"，如今成为"王师"的通途。"贼路"与"王师"，一明一暗，贯穿首尾，构成了全诗主干。而诗人也通过这次海巡加深了对东海形胜险要的认识，并在此基础上提出了"江南控扼在崇明，浙东控扼在舟山"的备倭思想。此外，诗中也包含了其他丰富的历史信息，如"闽卒精风候，吴儿惯水嬉"便点明了水师官兵主要由精通海上气候的八闽子弟和谙熟海路的江浙健儿组成。唐顺之是著名学者，诗中用典颇多，而委婉铺陈，夹叙夹议，从历史、时代的大视角下写个人行踪，充满了忧患意识。

明　仇英（传）　抗倭图（局部）

胡宗宪

胡宗宪（1512—1565），字汝贞，号梅林，绩溪（今属安徽）人。嘉靖十七年（1538）进士，累官至兵部尚书，加太子太保。有《筹海图编》《海防图论》等。嘉靖三十三年，出任浙江巡按御史，后擢为右佥都御史巡抚浙江，升总督。在任八年，建设海防，全力御倭，先后诱杀王直、徐海等通倭海盗。

题受降亭[1]

十年海浪喷长鲸，万里潮声杂鼓声。

圣主拊髀思猛士，元戎讵意属儒生。[2]

身经百战心犹壮，田获三狐志幸成。[3]

报国好图安治策，舟山今作受降城。[4]

（天启《舟山志》卷四）

注　释

[1] 受降亭：嘉靖三十六年（1557），通倭海寇王直（即汪直）请降，受降亭即为此而建。亭在观山（旧名舟山），属今舟山市定海区，已圮。

[2]"圣主"句：据《汉书》载，汉文帝听闻廉颇、李牧的事迹，拊髀感

叹:"我怎么就得不到廉颇、李牧这样的人为将,要是有这样的将领,还用担忧匈奴为患吗?"这里化用典故。拊髀,以手拍腿。元戎:统帅。讵意:哪里想到。儒生:诗人自谓。 [3]田获三狐:语出《周易》:"田获三狐,得黄矢,贞吉。"三狐,诗中喻指王直、徐海、陈东三大海寇头目。 [4]治安策:汉文帝时,贾谊上疏议论时事,陈述策略,谓之"治安策"。这里指永绝倭患的对策。

赏 析

胡宗宪受命到浙江领导平倭战事,在任八年间,励精图治,剿抚并施,终于平定以王直、徐海等为首的两浙倭患。此诗写于为接受王直投降所建的受降亭完工之时。首联以高度概括的笔法描写了倭寇的猖狂气焰,以及激烈的平倭场景。"十年""万里"互文见义,既表明了抗倭斗争历时之长、范围之广,也指出了其影响之深。由此引出颔联,借用典实,表达了朝廷平倭的决心,以及包括自己在内一批志士将领为国分忧、建功立业的壮志。颈联言历经百战,辗转万里,终于擒获倭首、平定倭患的经过。"百战""三狐"虚实结合,互为因果,既写战事之不易,将士之决心,也写倭首之狡诈。一个"幸"字表明胜利成果来之不易,也隐含诗人战战兢兢、如履薄冰的心迹。全诗对仗精工,虚实结合。实写则有恢宏壮阔的气势,虚写则有隐约的刀光剑影,更令人神伤的是其中的难言心曲。胡宗宪本文臣而为武将,刚柔兼济的风格于此诗可见一斑。

徐　渭

　　徐渭（1521—1593），初字文清，改字文长，晚号青藤老人，山阴（今属浙江绍兴）人。屡试不第，遂以教书入幕为生。在诗文、戏剧、书画等方面各有成就，与解缙、杨慎并称"明代三才子"。有《徐文长集》《四声猿》等。徐渭曾长期担任胡宗宪幕僚，协助其于浙东沿海抗倭。

与客登招宝山观海遂有击楫岑港一窥贼垒之兴谨和开府胡公之韵[1]

沧海遥连雉堞明，登临喜共幕宾清。[2]

千山见日天犹夜，万国浮空水自平。

不分番夷营别岛，愿图方略至金城。[3]

归来正值传飞捷，露布催书倚马缨。[4]

（《徐文长三集》卷七）

注　释

[1]岑港：在今舟山市定海区。通倭海寇王直被捕后，其养子毛海峰纠集部众，盘踞岑港，负隅顽抗。开府：原指高级官员成立府署，选置

僚属。后成为对督抚的尊称。 胡公：即胡宗宪，时任浙直总督。[2]雉堞：泛指城墙。 [3]图：谋划。方略：计划，策略。金城：指坚固的城。 [4]"露布"句：史载，东晋桓温北征，袁宏奉命作露布，倚马疾书，顷刻间即成七纸。此句化用典故。露布，指军旅文书，这里特指捷报。

赏　析

明嘉靖三十七年（1558）正月，徐渭入胡宗宪幕府。七月，胡宗宪督战岑港。此诗当作于其时。招宝山与毛海峰占据的岑港一水相隔、近在咫尺。登临招宝山，对岸敌寇的工事一览无遗，也难怪要"喜共幕宾清"了。颔联以夸张的笔法写舟山山林葱郁、山海相间、千岛浮于海的地理风貌。颈联谓敌寇成分庞杂，既有国内的亡命之徒，也不乏日本浪人、西洋海盗，但诗人愿周密划策，精心设略，为攻占敌巢，剿灭贼寇尽一份力。尾联用袁宏倚马可待的典故，畅想战胜之后，受命书写捷报的痛快。

岑港战役是明抗倭战争的一场重要战事，最终明军以惨胜告终。而这也成为名将戚继光着手组建"戚家军"的直接起因。

洪 懋

洪懋,生卒年不详,歙县(今属安徽)人。曾任安远将军。

点绛唇 题平倭关口[1]

碧海茫茫,翁洲点滴如蝌蚪。[2]鱼龙斗,白浪连天吼。[3]　举目烟云,不见河山旧。今何有,平倭关口,黄叶纷纷走。

(光绪《定海厅志》卷三〇)

注 释

[1]平倭关口:又称"平倭港",即今金塘沥港。嘉靖三十二年(1553),俞大猷率部大破倭寇于此,并立有"平倭碑"。这也是舟山历史上的首次抗倭大捷。　[2]"翁洲"句:谓远望海上,舟山群岛小如蝌蚪之状。　[3]鱼龙斗:喻指海战。

赏 析

此词虽为四十字小令,但别具气魄。词先取俯瞰视角,言茫茫碧海之上,岛屿如蝌蚪般星星点点,一派山海壮阔的景致。其

宋　马远　水图·云舒浪卷

下拉近视角，以"鱼龙斗"喻指平倭关口曾发生的激烈海战，并以"白浪连天吼"渲染氛围，更觉气氛之紧张、气势之磅礴。下片利用时空景物对比，记叙平倭胜利。"烟云"既指狼烟烽燹，又点明倭寇进犯已成过眼云烟。"不见河山旧"实言山河依旧，而经历过军民的浴血奋战，更增添了历史意义。"黄叶"既是眼前萧瑟之景，又喻倭寇之败走窜逃。全词开合有力，上片怀古，极写浩大壮烈之象，下片抚今，则转为抒情，更结以平淡之语，寓情于景，兴感无穷。

徐启东

徐启东(1537—1613),字养元,号望平,上虞(今属浙江绍兴)人。明隆庆元年(1567)举人,历任太和令、宛平令、南京工部营缮清吏司主事、福州同知等职。性耿介,有政声。后辞官归,以诗酒终于家。诗有陶、白之风。

游补陀

梦想名山久,因之驾海来。[1]

潮从天上涌,刹向屿中开。[2]

金粟山为钵,莲花水作台。[3]

磐陀望三岛,咫尺是蓬莱。[4]

(《重修普陀山志》卷五)

注 释

[1]驾海:航海。 [2]刹:佛寺。 [3]金粟山:即普陀山主峰佛顶山,旧名金粟山。莲花水:即莲花洋,位于舟山本岛与普陀山之间,为登普陀山的必经航路。相传唐咸通年间,日本僧人慧锷携观音像行舟至此,海上遍生铁莲花,舟不能行,慧锷以为是观音显圣,不肯东

渡日本，遂留像于普陀。故后世称此海域为"莲花洋"。　　[4]三岛：传说中海上三神山。

赏　析

　　此诗是普陀山记游之作，全诗紧紧围绕"游"字展开。首联开门见山，直陈诗人游览普陀山的原因：对普陀这座名山魂牵梦萦，仰慕已久，于是驾船渡海而来。颔联写海中见闻。其时正逢风浪，海上波涛汹涌，诗人所乘扁舟在浪峰波谷间上下颠簸，从诗人的角度，感觉奔涌的潮水就像从天上倾泻而来。上岸后，随着诗人的步履，曲径通幽，移步换景，深藏在岛上林间的一座座古刹渐次在眼前展现，岛上的静谧与海上的历险形成了强烈的对比，让诗人更多了一分体悟。颈联写诗人登上普陀山最高峰佛顶山后的情景，群山拱卫，烟波浩渺，视野骤然开阔，思绪浮想联翩。"山为钵""水作台"，既是写眼前之景，也是诗人身心与山海融为一体的浪漫遐想。尾联照应首联，普陀山果然没有辜负诗人多年的渴慕梦想，甚至远远超过了诗人心中的预期。缥缈的海上仙山，可望不可即，而普陀圣地则真如蓬莱仙境一般，实实在在就在自己眼前。全诗想象恣肆，比拟奇特，层次分明，呼应不着痕迹，堪称大家手笔。

屠 隆

屠隆（1542—1605），字长卿，又字纬真，号赤水，晚号鸿苞居士，鄞县（今属浙江宁波）人。明万历五年（1577）进士，官礼部主事，后遭劾罢归，纵情诗酒、山水间。其精通音律，擅长戏曲，诗文则沿袭前、后七子的复古理论，同时受公安派影响。有《由拳集》《栖真馆集》等。屠隆几度往来海上，遍游普陀名胜，撰《海览》等文，并修成《补陀洛伽山志》。

补陀十二景 梅湾春晓[1]

梅尉丹炉火不温，疏枝淡月岛烟昏。[2]
只愁海叟吹龙笛，撷落罗浮万树魂。[3]

（《补陀洛伽山志》卷六）

注 释

[1]梅湾：在普陀山梅岑峰西麓，古植梅树，一说因西汉末，梅福于此炼丹修道而得名。　[2]梅尉：即梅福，曾为南昌尉，故称。
[3]海叟：海上隐者。龙笛：指笛，据说声如水中龙吟，故称。撷落：原指歌声由高亢而低落，这里指吹落。罗浮：山名，在今广东惠州，以梅树成林著称。

赏 析

屠隆分别以梅湾春晓、茶山凤雾、古洞潮音、龟潭寒碧、天门清梵、磐陀晓日、千步金沙、莲洋午渡、香炉翠霭、钵盂鸿灏、洛伽灯火、静室茶烟为题,撰补陀十二景组诗,此为其一。

梅湾地处普陀西山深处,风光凤擅盛名。诗即紧扣"梅"字展开,首言梅福隐居炼丹的旧事,次及山中盛开的春梅,又化用了林逋的咏梅绝唱"疏影横斜水清浅,暗香浮动月黄昏"。而"火不温"暗言山中的料峭春寒,"岛烟昏"亦富朦胧幽深之感,共同营造了一个清冷幽寂的环境,衬托出梅花高洁独立的品性。其下展开想象,言隐士吹笛,笛声划然而落,这恐怕会惊落万树梅花。值得注意的是,此处运用了通感的修辞手法,将由起而落的笛声着以如风吹般的真实动态,并以"魂"喻梅,让人觉得凄清无限,是全诗境界中的点睛之笔。屠隆擅写戏曲传奇,其部分诗词也吸收了戏曲的优点,声律和谐,才藻丰富,具有独特的美学价值。

汤显祖

汤显祖（1550—1616），字义仍，号海若，别署清远道人，临川（今江西抚州）人。明万历十一年（1583）进士，历任南京太常寺博士、詹事府主簿等。后以不附权贵，弃官归里，专心戏曲，卓然为大家。所作《邯郸记》《还魂记》《紫钗记》《南柯记》，合称"临川四梦"。有《玉茗堂集》等。汤显祖曾于遂昌（今属浙江丽水）知县任上，渡海出游普陀。

磐陀看日出

磐陀石上暗飞霜，吹入香炉作道场。[1]
破衲睡来天镜晓，清辉五色在扶桑。[2]

（《玉茗堂诗》卷一四）

注　释

[1]香炉：指香炉石，在普陀山达摩峰下，以形命名。道场：修道的场所，多指寺院，这里指法会。　[2]破衲：破旧的僧衣，引申为老僧。清辉：这里指日光。

赏　析

　　磐陀石由于其高旷的地理位置，成为登临观日的绝佳之处。抒写"磐陀观日"也成为普陀山文学的重要传统，如前选有贯云石诗。汤显祖此诗约作于万历二十五年（1597），遂昌知县任上。诗开篇不正面直叙日出，而言"飞霜"，点明了秋冬之际的节气。晓霜如烟如霰，萦绕于不远处的香炉石，"炉香乍爇，法界蒙薰"，似乎一场盛大的法会即将到来。其下以老僧为视角，写其睡起之际，东方天色已明，扶桑日涌，光华明亮而澄净。光破暗夜，正是以自然喻佛法，故天地间直是一"大道场"。汤显祖不喜摹古，而强调"行其自然""要为各适"，故其所作诗文，皆清新奇巧、玲珑生动，这其实和他的戏曲创作观是一致的。

宋　赵伯驹　瑶岛仙真图（局部）

张世臣

张世臣,生卒年不详,字忠鼎,新野(今属河南)人。明万历元年(1573)举人。后任崇明知县,精勤敏干,屡建惠政。万历三十二年(1604),主持修成《崇明县志》。

洋峰耸翠[1]

缥缈壶天镜欲平,苍龙突兀向中横。[2]

山根落处流空翠,石磴飞来掩太清。[3]

势压群峰惊逸兕,气蒸五岳吸长鲸。[4]

遥瞻陡起乘槎兴,为作江南一柱青。[5]

(万历《新修崇明县志》卷九)

注 释

[1]洋峰耸翠:为"崇明十景"之一。洋峰,即洋山,今属舟山市嵊泗县,当时为崇明所辖。 [2]壶天:传说东汉时,有一卖药老翁,常悬一药壶于市肆中出诊,市罢辄跳入药壶之中。费长房曾与老翁共入,见其中玉堂严丽,酒肴充盈。后以"壶天"喻指仙境。苍龙:山势连绵如龙,这里代指洋山。突兀:高耸的样子。 [3]空翠:青色

的雾气。石磴：石级。太清：天空。　[4]逸兕（sì）：奔跑的犀牛。[5]遥瞻：遥望。一柱：喻指高耸入云的洋山。

赏　析

　　此诗起势恢宏，首先勾勒洋山山形：如苍龙跃起，横卧于东海之上，涌出于碧波之间，望之恍如仙境。颔联扣住"耸翠"的题意，以由低而高的视线，进一步铺陈，出句写葱翠的山色和迷蒙的海雾相连相融，对句则写层岩巍峨，石级凌空，辞采清丽夺目，"流""掩"二字，格外灵动有致。颈联从更广阔的空间背景极言洋山雄踞海天之势，其中"惊""吸"二字，更突出了洋山的耸峙峭秀和大海的烟波浩渺。尾联叙写诗人内心的矛盾。"乘槎"意味着追求潇散洒脱的生活，"愿作一柱青"的选择则又包含着为国为民、尽忠奉献的内涵。全诗注重炼字锤句，状景磅礴，笔力劲健，胸怀放旷。

徐如翰

徐如翰（1571？—？），字伯鹰，号檀燕，上虞（今属浙江绍兴）人。明万历二十九年（1601）进士，历工部郎中、山西兵备道、天津兵备道等职。后辞官归里，与刘宗周讲学蕺山，又与陶奭龄等以诗酒相娱，为"稽山八老"之一。有《檀燕山藏稿》。

雨中寻普陀诸胜之作

缘崖度壑各担簦，翠合奇环赏不胜。[1]
竹内鸣泉传梵语，松间剩海露金绳。[2]
山当曲处皆藏寺，路欲穷时又遇僧。
更笑呼童扶两腋，溯风直上最高层。[3]

（《檀燕山藏稿》卷一三）

注　释

[1]缘崖度壑：沿着山崖，度过山谷。簦：长柄竹笠，犹今雨伞。翠合奇环：翠意合围，奇景迭出。胜：尽。　[2]梵语：这里指诵唱佛经之声。金绳：佛教传说中用以分别界限的金制绳索。借指地平线或海平线。　[3]溯风：面对着风。

赏 析

　　记游普陀之诗多矣,写雨中胜游经历的却鲜少,此诗是其一。诗当作于万历四十二年(1614),首句"担簦",点明"雨"意,而"缘崖度壑",既写山势之高下宛转,又写游观之不易。但"翠合奇环"之景,大大消弭了辛劳,反而觉得赏玩不尽,其下即就所见景象展开。颔联言一脉清泉自竹林中流出,僧人龙吟般的梵唱也随着泉鸣传来,山松的枝叶间,微露出远方的海平线。颈联为名句,形象地写出了普陀山寺院林立、僧徒众多的特色。据《普陀山志》记载,明末,山上有静室二百余所,僧众数千人,为"震旦第一",可知此句并非虚语。尾联情致特高,言呼童扶腋,迎风登顶,大约是途中层出不穷的景致使诗人忘却雨中跋涉之苦,迫不及待想由高处遐瞰普陀全景了。全诗语言平易,状景真实,尽得普陀山风光之形、神,无怪乎前人将此诗作为"海天佛国"的最佳代言。

吴钟峦

  吴钟峦（1577—1651），字峦稚，号霞舟，武进（今属江苏常州）人。明崇祯七年（1634）进士。南明弘光元年（1645），拜礼部尚书，寓居普陀山白华庵，往来海上，组织抗清斗争。闻舟山将败，渡海入城，于文庙抱孔子牌位自焚，绝命词曰："只因同志催程急，故遣临行火浣衣。"有《十愿斋全集》。

普陀次沈彤庵韵（其一）[1]

怀阙亭虚已劫灰，御书犹向海天开。[2]

长明佛日古今在，如是潮音子午来。[3]

大士化身无住地，子真遗世尚留台。[4]

太平香火当年盛，离乱禅栖半草莱。[5]

（裘琏《南海普陀山志》卷一四）

注　释

[1] 沈彤庵：即沈宸荃（1615—1652），字友荪，号彤庵，慈溪（今属浙江宁波）人。崇祯十三年（1640）进士。南明鲁监国三年（1648），拜东阁大学士，受命前往舟山，日练水师。　[2] 怀阙亭：万历年

间，内监张随建，遗址在今普济寺后左麓。怀阙，取"怀慕宫阙"之义。劫灰：劫火烧剩的灰烬，喻指遗迹。御书：这里指万历御赐普陀山的圣旨、碑文。　[3]子午：子时和午时，即夜半和正午。[4]大士：佛教对菩萨的通称，这里特指观世音菩萨。子真：即梅福。[5]离乱：变乱，战乱。禅栖：这里指僧寺。草莱：荒草。

赏　析

　　组诗作于吴钟峦寓居普陀山白华庵期间，共七首，此其一。诗首联即有俯仰之思：寄寓了前人"怀阙之情"的亭台只剩劫后遗迹，而先皇的御书依然镇守海山。颔联暗藏"明"字，意谓心中的国家如日升月恒，千古常在，正如普陀山前朝潮夕汐，澎湃依旧。其下言山中故事：观音化身无数，在此只是偶然示现；梅子真隐遁修仙，到如今也只剩下丹台供人追想。于是自然接续尾联的今昔之叹，又呼应首联之旨，抒发了"成住坏空，生灭无常，因缘所及，皆有定果"的感悟。全诗不径言哀戚，而辞意自然惆怅。黄宗羲《海外恸哭记》言："（海上诸臣）唯吴钟峦、张肯堂故以诗名……时谓诸臣之诗，即起杜甫为之，亦未有以相过也。岂天下扰扰多杜甫哉？甫所遇之时、所历之境，未有诸臣万分之一。诸臣即才不及甫，而愁苦过之，适相当也。"此论大体得之。

张可大

张可大(1580—1632),字观甫,号扶舆,应天(今江苏南京)人。明万历二十九年(1601)武进士,历任登莱总兵、右都督等职。后率军剿孔有德,兵败自尽。博学好古,能诗文,恂恂然有儒将风。有《驶雪斋集》。张可大曾奉调舟山,连败倭寇,升副总兵。因舟山城池荒圮,动工筑城,两月告竣。又于城外筑碶蓄水,千亩斥卤尽成沃土,民称"张公碶"。

舟山城工告竣喜赋

金城百二控蛟关,酾酒能开壮士颜。[1]
粉堞直连霞外嶂,绮楼高并海中山。[2]
戈船说剑春涛静,羽扇论兵白昼闲。[3]
从此东南归锁钥,不飞片檄下三韩。[4]

(天启《舟山志》卷四)

注　释

[1] 百二:语出《史记·高祖本纪》:"秦,形胜之国,带河山之险,县隔千里,持戟百万,秦得百二焉。"后喻指险固之地。蛟关:即蛟

门山。　[2]粉堞：白色的城墙垛。绮楼：华美的楼阁，这里指城楼。　[3]戈船：战船。说剑：指谈论军事，典出《庄子·说剑》。[4]归锁钥：喻指东南海防门户得到控制。三韩：汉时，朝鲜南部有马韩、辰韩、弁辰，合称"三韩"。这里泛指为海寇盘踞的东南沿海诸岛。

赏　析

迭经明中叶的倭乱，舟山城已破旧不堪，张可大亲率军民合力修葺城池，对于舟山城防和国家海防来说，都意义重大。工程告竣，张可大作为主事者，自然喜不自持，故全诗紧紧围绕"喜"字抒写。首联写修葺完成的城池地理险要，坚固异常，参与修城的军民笑逐颜开，斟酒相庆。颔联写宏丽的城容与壮美的海山交相辉映，极目远眺，顿生快意。颈联转入想象，言海防巩固，兵燹不起，对于终日处于生死之间的将士们来说，这种从容的军旅生活显得格外宝贵。尾联则跳出个体性、局部性的视野，将舟山城防提升到国家海防意义的维度，意指舟山城的建成不仅是一城之"小喜"，更是国家海防之"大喜"。张可大文武兼备，好古能诗，此诗家国情怀和个人心志相得益彰，正可见儒将本色。

释海观

释海观,生卒年不详,字履端,号融二,四明(今浙江宁波)人。明天启年间,依普陀山白华庵朗彻禅师,又于西山建林樾庵,习禅修净,以诗寓道,时人称为诗僧。有《林樾集》。

山居偈(其二)[1]

支遁买山隐,我欲蹑其踪。[2]

因思补陀近,常闻聒耳钟。[3]

槛外饶绿筠,墙下有流淙。[4]

柴门不须掩,依仗白云封。

(《林樾集》卷下)

注 释

[1]偈:文学体裁,多为僧侣所写蕴含佛法的诗。 [2]"支遁"句:《世说新语》载,东晋高僧支遁欲向竺道潜买岇山隐居,竺道潜回答:"没听说古时的隐士巢父、许由买山而居的。"后以"买山"喻指退隐。蹑:追随。 [3]聒(guō)耳:嘈杂刺耳,这里指频繁。 [4]绿筠:绿竹。流淙:溪涧。

赏　析

　　禅宗历来有山林修行的传统，而僧人修行之余，偶以"山居诗"作文字佛事，借以反映禅意、阐扬禅悦，由此形成了一个重要的写作传统，具有高度的宗教意义和文学价值。海观禅师的这组《山居偈》，洋洋七十首，正是这类"山居诗"的典范，此诗为其二，正可窥豹一斑。诗首联言欲追踪东晋高僧支遁，买山退隐，择地修行。普陀地处海上，而颔联却言"补陀近"，甚至还可以听到频繁传来的钟声，可知海观禅师原即居于普陀周边。那么，禅师新筑的小庵究竟如何呢？是屋外绿竹森森，墙下溪水淙淙，无须掩闭柴门，因为自有山间白云，守护闭关僧人。全诗不假雕饰，正如芙蓉出水，山居的萧闲、禅悟的怡悦，尽寓其中。

张肯堂

张肯堂（？—1651），字载宁，号鲵渊，华亭（今属上海）人。明天启五年（1625）进士，累迁右佥都御史，巡抚福建。南明弘光元年（1645），拜吏部尚书。后赴舟山，继续抗清。舟山陷落，慷慨自尽。所作诗文今尚存数题。

绝命词题雪交亭[1]

虚名廿载误尘寰，晚节空劳学圃闲。[2]

难赋归来如靖节，聊歌正气续文山。[3]

君恩未报徒长恨，臣道无亏在克艰。

寄语千秋青史笔，衣冠二字莫轻删。

（《海东逸史》卷一〇）

注 释

[1]雪交亭：因亭前有梅、李连枝，开花则如雪相接，故名。遗址在今舟山市定海区书院弄。 [2]尘寰：纷扰的人间。晚节：这里指晚年。学圃：学种蔬菜。这里诗人自言为官而无实权，实同赋闲。 [3]"难赋"句：意谓不能像陶渊明般，赋《归去来兮辞》去官退隐。"聊歌"

句：意谓且赓续文天祥的志节，高歌《正气歌》从容赴义。

赏　析

　　顺治八年（1651）八月，清浙闽总督陈锦率兵入海，攻打南明鲁王政权的基地舟山。两军鏖战十余日，舟山最终陷落，鲁王朱以海在张名振、张煌言等人的扈从下奔赴福建，阮进、刘世勋等明军将领壮烈战死，城内多数文武官员自杀殉国。九月初二日，舟山城破，张肯堂整理冠服，引笔赋此，自缢于雪交亭。

　　诗首联言廿载为官，徒留虚名，如今反事灌园学圃，岂非误国误己？但寄人篱下，如寓生草木，虽位居首辅，却屡受掣肘，如之奈何！其下又以陶渊明、文天祥自况，言虽有归去之思，但天命不许，唯有师法文天祥，成仁取义，报恩全节。最后，诗人高言：华夏衣冠为民族精神命脉所在，一生之虚名、晚节、君恩、臣道，皆以此为系，青史丹心，悠悠可鉴。

　　相传清军冲入雪交亭，见亭中尸骨，肃然告退。有清帅悬赏访募此诗，一老兵献之，且说道："我并非为了区区赏金而来，只是感慰你昭扬忠烈的心意。"张肯堂的这份浩然正气，同时赢得了同志与敌人的敬意。

陶顺真

陶顺真,生卒年不详,舟山人。

次李秋崖游隆教寺原韵[1]

不到招提二十载,水云依旧松关开。[2]

一声猿与碧峰落,半壁泉从玉舄来。

风趁落花闲缀座,香凝石鼎幻成台。[3]

跻扳曲径空寻迹,冠佩行行又一回。[4]

(光绪《定海厅志》卷二七)

注 释

[1]隆教寺:始建于五代后汉乾祐二年(949),初名降钱寺,宋大中祥符元年(1008),赐额"隆教",为宋元时期名刹。址在今舟山市定海区。　[2]招提:梵语音译,指寺院。松关:寺院山门前的松径。[3]趁:追逐。缀:点缀,散布。　[4]跻扳:攀登。冠佩:头冠和佩饰。行行:徘徊的样子。

赏 析

　　诗首联言多年不到隆教寺，而松径迎人、水云依旧。颔联言寺院周边风光，孤清的猿声从高远的山间传来，汩汩的泉水似乎发源自仙境，而这猿声和泉声，正如"鸟鸣山更幽"般，反倒使寺院充满了幽静和神秘。颈联转言寺中景象：风逐落花，铺满了禅床，石鼎凝烟，幻化成佛坛。此处"趁""缀"虽皆为动词，而着以"闲""幻"二字，反而予人身世两忘、万念皆寂的"定格感"。尾联自言登山寻胜，徘徊不欲离去，呼应首联"二十载"之语，是以风光之依旧，反衬游人之将老，更有怅然余思。此诗是典型的记游之作，妙在能善用以动衬静、以真衬幻、以景衬情等手法，匠心独具，深契艺术辩证法则。

宋　马远（传）　雪景四段图（局部）

冯 舒

冯舒（1593—1649），字己苍，号默庵，常熟（今属江苏）人。擅诗，宗法晚唐诸家，与弟冯班师从钱谦益，并称"海虞二冯"。有《默庵遗稿》等。明崇祯十二年（1639）正月，冯舒由漴缺（今属上海）启程，经外洋独游普陀山，途中得诗二十首，自辑为《浮海集》。

渡海遇雪

雪骤山迷翠，舟行似过云。

乍飞还淅沥，遥望转氤氲。[1]

帆逐鱼龙去，针冯子午分。[2]

谁招末至客，授简骋妍文。[3]

（《默庵遗稿》卷五）

注 释

[1]淅沥：这里指雪声。氤氲（yūn）：烟云弥漫的样子。 [2]冯：同"凭"，凭借。子午：指南北，古人以"子"为正北，以"午"为正南。
[3]"谁招"二句：化用谢惠连《雪赋》："（梁王）游于兔园。乃置旨

酒，命宾友，召邹生，延枚叟。相如未至，居客之右……（梁王）授简于司马大夫，曰：'抽子秘思，骋子妍辞，侔色揣称，为寡人赋之。'"授简，给予简札，谓嘱人写作。妍文，即妍辞，华美的文辞。

赏 析

此诗首联直接入题，极写海中雪景，且从大处着眼，言风雪骤至，寒山失翠，舟浮海中，仿佛穿行云间。颔联则从雪声、雪色等细微处落笔，"氤氲"二字是承上联"过云"而来。其下转写行况，一叶扁舟，仿佛追逐鱼龙而行，想象谲怪而不为无由。舟行方向，因为大雪掩映，仅能凭罗盘指引。海行是如此惊心动魄，何况又遭逢难得一见的大雪，真可谓"兹游奇绝"了，但此刻诗人依然乐观地想象着："是谁在招邀我这位远行之客，要我用雅致的文辞来抒写眼前的景致呢？"诗人独自出游海上，以雄健之笔描绘了一幅雪海拥舟图。吟诵之间，我们的思绪也随之回到了晚明，回到了那个海上风雪弥漫的寂寞冬日。

高斗枢

高斗枢（1594—1670），字象先，一字元若，鄞县（今属浙江宁波）人。明崇祯元年（1628）进士，守郧阳，李自成屡攻不破。后归甬上，闭门索居，卒于家。其诗多能补史之阙，当舟山之役时，作《野哭》《夜坐》诸篇，提供了亲历者的视角。有《蚕瓮集》《守郧纪略》等。

野哭（其五）

五年涛浪里，万死立君臣。[1]

独恨兜鍪辈，交屠蛮触频。[2]

长缨宁忘蓟，短檝不通闽。[3]

离德终何济，同仇倘再振。[4]

（《续甬上耆旧诗》卷九）

注 释

[1]"五年"句：南明弘光元年（1645），亦即清顺治二年，鲁王朱以海于绍兴监国。次年，出海至舟山，开始海上抗清生涯。五年后，舟山陷落。　[2]兜鍪（móu）：古代战士戴的头盔，这里借指军阀。交屠：

自相残杀。蛮触：传说在蜗牛角上有两个小国，右角上的叫蛮氏，左角上的叫触氏，双方常为夺地而战。典出《庄子·则阳》，后喻指因小事而争斗。　　[3]长缨：长绳，借指军队。蓟：古地名，今北京、天津一带。这里指被清军占领的北方失地。短檄：这里指用以征召的文书。闽：这里指福建的唐王政权和郑成功部。　　[4]离德：心思不同。济：成功。倘：或许，可能。

赏　析

　　顺治八年（1651）八月，清军攻陷舟山，阖城百姓死节。高斗枢闻此凶讯，作《野哭》五首隔海志哀，此为其五。此诗可为鲁王政权，乃至整个南明王朝的覆亡做注脚。诗人在郧阳守战中，有过可歌可泣的事迹，即便解甲归家，依然致力于抗清斗争，尤其是对浙东监国的鲁王，给予了更多的关注与期冀。但在鲁王政权内部，时有阋墙之事，对外又与远在福州称帝的唐王朱聿键政权有着正统之争，无法团结力量，共御外侮。这样的内外交困，终于使清军有了长驱之机，在舟山苦苦支撑的行朝一夕溃败，诗人闻此噩耗，能不悲慨系之？可幸的是，鲁王在陪臣的扈从下，离浙赴闽，总算还有一线之寄。诗人于是高呼"修我戈矛，与子同仇"，希望鲁王残部能生聚教训，再图兴复。在"天崩地解"的绝望中，正是这样如暗夜爝火般的希望，给予了诗人强大的力量，透过此诗，我们似乎看到了诗人痛苦而坚定的背影。

张　岱

　　张岱（1597—1689），字宗子，号陶庵，山阴（今属浙江绍兴）人。出生世族，早年性格落拓，不求仕进。中年漫游南北，广交名流。清兵南下，遁入山林，著述以终。其散文成就尤高，笔致清新，时杂诙谐，又多故国之思，脍炙人口。有《琅嬛文集》《陶庵梦忆》《西湖梦寻》等。明崇祯十一年（1638）春，张岱曾独游普陀，撰《海志》以记。

观海（其八）

　　山松怯飓风，千年若不大。
　　茁蘖成槎牙，石肤恒露踝。[1]
　　昔日到补陀，风来船似簸。
　　此下有蛟龙，榜人戒勿唾。[2]

（《琅嬛文集》）

注　释

[1]茁蘖（niè）：萌发枝芽。槎牙：枝杈歧出的样子。"石肤"句：谓山常受飓风而无覆土，露出了岩石。踝，通"裸"。　　[2]榜人：船夫。

赏　析

　　张岱晚年以《观海》为题，作组诗八首，此其八。诗人见海中岛屿因常受飓风，导致树小而槎牙、石裸而瘦瘠，由此回忆其赴普陀途中海风吹舟的险况。全诗寥寥数句，而显得阔大苍茫，又非唯写景抒情，更言及物理，将自然物象升华成了哲理化的解悟，这正是得益于张岱对于自然深切细腻的审美体验。张岱友人王雨谦批点此诗说："现出一团神理，勿特空言其大，较之谑庵更自元气茫茫。"谑庵，即王思任，其有同题诗一组，今两相对读，确有此感。王雨谦又称张岱诗文总"兀然有一张子在"，亦可谓的评。

宋　赵伯驹　瑶岛仙真图（局部）

彭长宜

彭长宜（1602—1645），字德符，号申伯，海盐（今属浙江嘉兴）人。明崇祯十六年（1643）进士，授上海知县，慈惠爱民，屡建惠政。清兵南下，见大势已去，解印返里，隐居丰山，绝食而死。有《瞿瞿斋诗稿》等。彭长宜平生多壮游，所历必纪以诗，曾渡海礼普陀山。

泊沈家门山[1]

吞门深峭海波平，戍槛频传夜柝声。[2]

欲诉离愁眠未稳，起看残月趁潮生。

（《御选明诗》卷一一三）

注 释

[1]沈家门山：地处舟山本岛东南部。 [2]吞门：海湾山口。戍槛：军队驻扎处。夜柝（tuò）：巡夜打更的梆声。

赏 析

此诗大约是诗人渡海朝礼普陀山，途中借宿沈家门水寨时所

宋　李嵩　月夜看潮图

作。明王朝末年，内忧外患，诸事纷繁。诗人于此际夜宿海上，自然感慨百端。沈家门水寨在海湾深处的陡峭山间，寨口即可看到茫茫的海面。已至深夜，不远处频频传来了打更的梆声，而此时，诗人因思念故乡，欲诉心中离愁而无人可诉，故翻覆不能成眠，只好披衣而起，看山前潮涨，海上月残。此诗情语、景语，相辅相成，虽一出以平淡，但战乱时势下的沧桑离乱之思，尽在不言之中。

陈子龙

陈子龙（1608—1647），字人中，一字卧子，号大樽，华亭（今属上海）人。明崇祯十年（1637）进士。清兵南下，于松江起兵反抗。清顺治四年（1647），又图谋起事，事泄被擒，途中投水自尽。其诗高华雄浑，被誉为"明诗殿军"，又工词，开"云间词派"。有《安雅堂集》《湘真阁稿》等。

寄献海道王兵宪[1]

春卿旧礼盛文章，横海新军拥大荒。[2]
岛戍风烟连日本，楼船曙色转扶桑。[3]
潮开昌国蛟龙喜，花满明山槊戟光。[4]
更值珠崖方议郡，汉家远略事苍茫。[5]

（《陈子龙诗集》卷一四）

注 释

[1] 海道王兵宪：即王应华（1600—1665），字崇闇，号园长，东莞（今属广东）人。明崇祯元年（1628）进士，时初任宁绍海道兵备副使。
[2] 春卿：周春官为六卿之一，掌邦礼，后代称礼部长官。王应华曾任

礼部员外郎，故谓。大荒：边远之地。　　[3]岛戍：海岛营垒。楼船：战船。曙色：拂晓的天色。　　[4]明山：指四明山。棨（qǐ）戟：有缯衣或油漆的木戟，是古代官员出行的仪仗之一。　　[5]"更值"句：汉元鼎六年（前111），武帝破南越，设九郡，珠崖（在今海南）即其一。这里诗人自注："时有议开金堂山者。"即代指此事。金堂山，即今金塘岛，属舟山市定海区。汉家：代指本朝。远略：经略远方。

赏　析

　　此诗作于崇祯十二年（1639），其时明王朝已危在旦夕。陈子龙虽丁忧在家，但依然不敢忘忧国，以"君子之学，贵在识时，时之所急，务之恐后"的急迫感，先后与徐孚远等人编定《农政全书》《皇明经世文编》。当他得知王应华由文而武，出巡前线，自然满怀期待，故而诗首联便不吝赞美之词。颔联则想象海疆之形胜、军容之壮观。颈联以"蛟龙喜""棨戟光"表达了对友人在东海之滨建立功业的期许。诗至尾联，笔锋一转，称颂起朝廷谋略深远，化及边陬，更体现了其于国家忧患之际，恒然不变的拳拳爱国之情，故此诗又不同于一般的酬赠之作了。

吴伟业

吴伟业（1609—1672），字骏公，号梅村，太仓（今属江苏苏州）人。明崇祯四年（1631）进士。入清，主持文社，声名日盛，后被迫北上，官至国子监祭酒。吴伟业与钱谦益、龚鼎孳并称"江左三大家"，是"娄东诗派"开创者。长于七言歌行，世称"梅村体"，其中多涉明清易代史事，足备掌故。有《梅村集》《绥寇纪略》等。

勾章井 [1]

神鱼映日天门高，思牢弩射钱塘潮。[2]

母龙挟子飞不得，黑风吹断鼋鼍桥。[3]

只看文鼗勾章井，金鳌背上穿清泠。[4]

三军卤饮感甘泉，十丈飞流牵素绠。[5]

面面琉璃砌碧栏，贝宫天际倚帘看。[6]

马秦山接桃花岛，吕宋帆移棋子湾。[7]

海色瞳瞳照深殿，红桑日起瓠棱炫。[8]

金井杯承帝子浆，玉颜影入昭阳扇。[9]

闻道君王去射蛟，楼船十万水犀豪。[10]

那知一夜宫中火，倒映三山五色涛。[11]

苍鲸挈锁电光紫，击浪嘘云食龙子。[12]

辘轳声绝银瓶坠，绕殿虹蜺美人死。[13]

旃檀紫竹慈云梦，宝陀山近鸾旌送。[14]

香水流来菩萨泉，白象迎归善财洞。[15]

不羡蓬瀛作水仙，神楼十二竟茫然。[16]

桑田休道麻姑笑，桃核难求王母怜。[17]

君不见秦皇汉武终何益，至今海上留遗迹。[18]

镐池璧至后宫愁，钩弋宫空少子泣。[19]

珠襦玉匣总尘封，即尔飘零死亦得。[20]

羞落陈宫玉树花，胭脂井上无颜色。[21]

（《梅村家藏稿》卷三）

注　释

[1]勾章井：即舟山宫井，在今镇鳌山南麓。顺治八年（1651）九月，清军攻破舟山，居留城中的鲁王元妃张氏投井自尽。为保护王妃遗骸，锦衣指挥王朝相、内臣刘朝以巨石填井。之后，二人自刎井旁。因该井位于鲁王行宫内，故后人称之为"宫井"。　[2]神鱼映日："鱼""日"合

为"鲁"字,暗指鲁王。天门:传说鱼跃龙门而化龙。喻指鲁王以旁系宗藩的身份监国。思牢:竹名,其质坚涩,能制成刀箭。　　[3]"母龙"二句:顺治三年(1646)五月,清兵南下浙东,钱塘江防线崩溃,鲁王率诸臣离开绍兴,由台州入海。二句即谓此事。母龙,即蛟,相传蛟能率池鱼飞升。黑风,谓海上暴风。鼋(yuán)鼍桥,相传周穆王伐楚,大军至九江,排列鼋鼍以为桥梁。鼋即大鳖,鼍即鳄鱼。　　[4]文甃(zhòu):用有花纹的石头砌成。金鳌:这里指镇鳌山。　　[5]卤饮:喝海中咸水。素绠:汲水桶上的绳索。　　[6]贝宫:水神的宫阙,这里喻指鲁王行宫。　　[7]马秦山、桃花岛、棋子湾:皆舟山地名。吕宋:古国名,即今菲律宾吕宋岛。　　[8]曈曈:由暗转明的样子。红桑:传说为仙境中的桑树,这里专指扶桑树。觚(gū)棱:宫殿屋角处的瓦脊。　　[9]帝子:帝王之子,这里指鲁王。玉颜:形容姣好的容貌,这里指王妃。昭阳扇:宫扇。昭阳,泛指后妃所住宫殿。　　[10]射蛟:相传汉武帝南巡,曾亲射蛟于江中。这里借指鲁王率军大败北路清军于长江口。水犀:披犀甲的水军,指水上精锐。[11]"那知"二句:这里指南路清军在与明军海上激战后,于螺头门登陆,数日后,舟山城破。在北路大胜的鲁王得到战报,紧急南下支援,但等其回到舟山,城中已大火冲天,往救不得。　　[12]苍鲸:这里喻指清军。掣锁:卸锁,这里指舟山城破。"击浪"句:意谓清军在城中大肆屠掠。　　[13]"辘轳"句:指王妃投井自尽。辘轳,井上取水的工具。银瓶坠,相传岳飞幼女闻父难,抱银瓶投井而死。虹蜺:即彩虹,古人多以为不祥之征。　　[14]慈云:佛教用语,喻指佛慈心广大,如云覆世。鸾旌:鸾旗,这里指迎接王妃灵魂的仪仗。[15]菩萨泉、善财洞:皆在今普陀山潮音洞侧。　　[16]蓬瀛:传说中的仙山蓬莱和瀛洲。神楼十二:传说昆仑山有十二座玉楼,这里喻指仙境。　　[17]"桑田"句：传说仙人麻姑自称已见到东海三次变成桑田。"桃核"句：传说西王母赐桃给汉武帝，武帝欲留下桃核，在人间栽种，西王母称此桃三千年一结果，非人间可种。　　[18]"君不见"二句：意谓秦始皇、汉武帝这样的雄主，穷其一生又如何呢，最终也只是在海上留下些陈迹供人追想罢了。　　[19]"镐池"句：相传秦时，使者郑容夜过华阴道，有人持璧阻拦，请他代献镐池君，并说祖龙将死，说完便不见了踪影。祖龙即始皇帝。"钩弋"句：史载，钩弋夫人原是汉武帝的宠妃，被武帝以"立子杀母"的名义赐死，其子刘弗陵后被立为太子。这里指鲁王世子被俘。　　[20]珠襦玉匣：古代帝后、贵族的殓服。　　[21]陈宫：指南朝陈后主的宫殿。胭脂井：史载，隋军攻占台城，陈后主闻讯，与妃子张丽华、孔贵嫔投此井，后被擒。这里用以和鲁王元妃张氏的壮烈殉国作对比。

赏　析

　　吴伟业的叙事诗在明清之际独树一帜，达到了高度成熟的水平，形成了影响深远的"梅村体"。此诗因事涉时忌，只收录于家藏稿中，故流传不广，影响力远不如《圆圆曲》诸作，但同样是"梅村体"的重要代表。"以人系事，以诗存史"是"梅村体"的特色，此诗虽题为"井"，但直接写井处只寥寥数笔，主要还是以鲁王元妃张氏为主人公，叙述"舟山之役"的重要史实。诗人在创作此诗时，运用了多种叙事手法和角度，打破了时空限制，将纷繁的史实重新组合、连缀，拓展了诗歌的叙事容量和抒情功能。如诗中运用倒叙，以钱塘江防线崩溃，鲁王退走海上作为全诗开篇，奠定了紧张的基调。又以"金井杯承帝子浆，玉颜影入昭阳扇"描绘鲁王行宫中的短暂"承平"，进而反衬海战突起，兵火纷飞的阴惨景象，情节曲折，哀乐分明，具有极大的冲击力。又以华丽的辞藻、繁复的用典，曲譬暗喻，既隐晦地叙述了难以直言的史实，又曲折地传达了难以直抒的情感，如以"射蛟"喻鲁王亲征，以"苍鲸掣锁""击浪嘘云"暗指清军倾城屠戮，皆有深意。且因事转韵，层层递进，总体形成了凄丽哀婉、情韵绵渺的艺术风格。诗人对于这位殉难的王妃，是抱有同情的。他想象王妃死后，在鸾旗、瑞兽的接引下，魂归佛国净土，并以南朝"胭脂井"的荒唐故事作对比，更加突出了王妃的慷慨大义，也由此表达了对鲁王政权崩溃的无限痛惜。黍离麦秀之思，隐见其中，自不待言。

顾炎武

顾炎武（1613—1682），初名绛，字忠清，后改名，字宁人，世称亭林先生，昆山（今属江苏）人。清兵南下，曾参与起义，后遍游南北。其学问淹博，晚年治经侧重考证，开清代朴学风气，又反对空谈性理，提倡实学，与黄宗羲、王夫之并称明末清初三大思想家。诗学杜甫，多写兴亡之事，风格苍凉沉郁、悲壮激昂。有《日知录》《天下郡国利病书》等。

海上（其一）

日入空山海气侵，秋光千里自登临。

十年天地干戈老，四海苍生痛哭深。[1]

水涌神山来白鸟，云浮仙阙见黄金。[2]

此中何处无人世，只恐难酬烈士心。

（《顾亭林诗笺释》卷一）

注　释

[1]"十年"句：这里指自明季农民军起师陕西，至清军南下、浙东沦陷，其间战争已历数十年。十年，虚指。干戈，战争。　[2]"水涌"

二句：传说海上蓬莱、方丈、瀛洲三神山上的禽兽尽是白色，并以金银构筑宫殿。这里喻指鲁王的海上行宫。

赏　析

　　顺治三年（1646）六月，清军过钱塘江，进取浙东，鲁王朱以海被迫东行入海，而作为南明的第二位皇帝，唐王朱聿键则于八月不幸被俘。这年秋，顾炎武登高望海，感慨作此。组诗四首，此其一。诗开篇即有雄浑之象：落日时分，秋风裹挟着海气侵入群山，诗人登山远眺，无限风光尽入眼底。这里非唯景语，更以"日入空山"喻明之危亡，以"海气侵"喻清之长驱，正与杜甫"江间波浪兼天涌，塞上风云接地阴"同一机杼。颔联笔锋转捩，由眼前的海光秋色转入对民瘼国势的感慨，以苍凉之景衬托家国之忧：干戈叠起，生民涂炭，天地万物都为之怆然动情。颈联明言海上仙山的神异，暗指鲁王浮海之事实。由此结以"何处无人世"的反问，既言鲁王一行出奔舟山，又别居普陀的仓皇遭遇，也谓终老仙山，则永难实现复国壮志，暗含对抗清事业前途的担忧。全诗情景相融，又多有曲譬暗喻之处，交织着顾炎武忧国忧民的沉郁心情和希冀明室恢复的强烈愿望。

　　此诗与其他三首凝聚成有机整体，其意境之阔大，风格之沉郁，深得杜甫《秋兴》精髓。林昌彝即言："《海上》四诗，无限悲浑，故独超千古，直接老杜。"张维屏更称："真气喷溢于字句间，盖得杜之神，而非袭其貌者可比也。"这实在不是夸张的浮言。

日入空山海氣侵秋光一里自登臨十年天地干戈老四海蒼生吊哭深
水涌神山來白鳥雲浮仙闕見黃金此中何處無人世只恐難聘烈
士心滿地關河一望哀徹天烽火鬻臺名王白馬江東去故國隆
幡海上來秦望雲空陽鳥散冶山天遠朔風迴廣船見說軍容
盛石次猶虛授鉞才南營乍浦北南沙終古提封屬漢家萬里
風烟通日本一軍旗鼓向天涯樓舡已奉徵蠻敕博望空乘汎
海槎愁絕王師看不到寒濤東起日西斜長看白日下蕪城又
見孤雲海上生感慨河山迫貢計艱難戒馬鬟深情埋輪拙
鎞周千畝蔓艸枯楊漢二京今日大梁非舊國東門愁煞老
侯嬴 錄舊作四首 書呈
清議老友兩正 東吳弟顧炎武

刘世勋

刘世勋（？—1651），字胤之，上元（今属江苏南京）人。明崇祯十年（1637）武进士。后驻防舟山，鲁王授左都督、安洋将军。清军渡海攻打舟山，奉命守城，同官员军民奋战十余日，城破自刎，慷慨殉国。兼通诗史，兵旅之余，常以吟咏明志，惜所作多于乱后流散，今存一题。

和张定西舟山即事诗 [1]

力扶九鼎一丝存，海上驱驰欲报恩。[2]
遗爱犹留干圣庙，英风重过茹侯村。[3]
谁云落日戈难挽，毕竟天高手可扪。[4]
慷慨诸公同看剑，闻鸡我欲舞刘琨。[5]

（《昌国典咏》卷八）

注　释

[1] 张定西：指张名振（？—1654），抗清名将，于绍兴拥立鲁王朱以海监国，后扈从至舟山，封定西侯。　[2]"力扶"句：九鼎一丝，指仅以一根丝线维系九鼎之重，喻指情况危急。这里是说以微弱的力量

匡扶国家。驱驰：奔走效力。　　[3]遗爱：谓被后世追怀的德行、贡献。干圣庙：元仁宗时，干文传任昌国州同知，政声卓著，人称"干大圣"，后人建庙以祀。茹侯村：相传唐开元年间，茹侯于翁洲为官，后被奉为城隍，其故居所在地称"茹侯村"。　　[4]"谁云"句：传说战国时楚国的鲁阳公率军与韩国激战，战至日暮，鲁阳公见天色将晚，舞动长戈，挥向天际，竟然落日逆升，天空复明。后以"挥戈返日"喻力挽危局。"毕竟"句：语出屈原《九章·悲回风》："遂倏忽而扪天。"扪，摸。　　[5]"闻鸡"句：史载，刘琨少有大志，与友人祖逖听到鸡鸣就起来舞剑。后以"闻鸡起舞"喻指奋发有为。

赏　析

此诗开篇尤为悲壮，言苍莽九州，沦丧殆尽，大明江山到了最为危难的境地。虽然力量微弱，但诗人为了报答家国深恩，与同袍海上征战，有万死不辞之锐意。身在舟山，诗人自然想到了功留史乘的干文传、茹侯，既存追慕，又寄望着能够凭借先贤英灵完成事业。颈联虽以虚字领起，但却是一番豪言："谁说危局就难以挽回，毕竟落日可逆，天亦可扪，再艰困的事又如何呢？"至此，情绪已由悲壮转向激昂。结句更以刘琨自比，内寓蹈厉之精神，可昭天日；外示慷慨之元声，足断金石。全诗淋漓顿挫，浩气凌云，而绝无肤廓之语，真有将军本色也！

张煌言

张煌言(1620—1664),字玄箸,号苍水,鄞县(今属浙江宁波)人。明崇祯十五年(1642)举人,南明时官兵部尚书。坚持抗清斗争达二十年之久,后解散余部,隐居海岛,不久被俘,于杭州遇害。所作诗文,慷慨激昂,充分表现了艰苦的斗争生活、刚烈的民族气节。有《张苍水集》。

翁洲行[1]

自从钱塘怒涛竭,会稽之栖多铩翮。[2]

甬东百户古翁洲,居然天堑高碣石。

青雀黄龙似列屏,蛟螭不敢波间鸣。[3]

虎帐争如秦妇女,鱼旗半是汉公卿。[4]

五六年间风云变,帝子南巡开宫殿。[5]

鏒来泽国仗楼船,乌鬼渔人都不贱。[6]

堂怡穴斗几经秋,胡来饮马沧海流。[7]

共言沧海难飞越,况乃北马非南舟。

东风偏与胡儿便,一夜轻帆落奔电。[8]
南军鼓死将军擒,从此两军罢水战。[9]
孤城闻警蚤登陴,万骑压城城欲夷。[10]
炮声如雷矢如雨,城头甲士皆疮痍。
云梯百道凌霄起,四顾援师无蝼蚁。
裹疮奋呼外宅儿,誓死痛苦良家子。[11]
斯时帝子在行间,吴淞渡口凯歌还。[12]
谁知胜败无常势,明朝闻已破岩关。
又闻巷战戈旋倒,阖城草草涂肝脑。[13]
忠臣尽葬伯夷山,义士悉到田横岛。[14]
亦有人自重围来,向余细语令人哀。
椒涂玉叶填眢井,甲第珠珰掩劫灰。[15]
而今人民已非况城郭,髑髅跳号宁复肉。[16]
土花新蚀遗镞黄,石苔早绣缺斨绿。[17]
呜呼!问谁横驱铁裲裆,翻令汉土剪龙荒。[18]
安得一剑扫天狼,重酹椒浆慰国殇。[19]

(《张苍水集》卷一)

注 释

[1]行:诗歌的一种体裁。　　[2]"自从"二句:顺治三年(1646)五月,清兵南下浙东,明军的钱塘江防线瓦解,鲁王君臣被迫离开绍兴,东行入海。铩翮(hé):犹铩羽,谓羽毛摧落,这里指兵败。　　[3]青雀黄龙:饰有青雀、黄龙头形的船舰。　　[4]"虎韔"句:《诗经·秦风》有《小戎》一诗,为妻子思念征夫之作,中有"蒙伐有苑,虎韔镂膺"句。这里即化用此意。虎韔(chàng),虎皮制的弓袋。鱼旐(zhào):一作"龟旐",指画有鱼龙龟蛇的旗帜,为官吏所用。　　[5]"五六"句:谓自鲁王于绍兴监国起,先由浙入闽,后又返浙,屡经变故。开宫殿:指鲁王以舟山为基地,建立行宫。　　[6]繇来:由来。乌鬼:方言,原指荷兰人在台湾役使的黑种奴隶,这里泛指海盗。不贱:不废弃,不例外。　　[7]堂怡穴斗:谓鲁王政权表面同德协力,暗中忿争不断。胡:对清的蔑称。饮马:将战火燃至某地。　　[8]"东风"二句:化用杜牧《赤壁》"东风不与周郎便"句,这里指清兵借助天时,一夜之间渡过海峡。奔电:闪电,喻指时间之快。　　[9]"南军"两句:指南明将领阮进率领的南路水军在横水洋战败,阮进受伤落水,被清军擒获,次日伤重而死。清军乘势上岸,开展陆战。　　[10]蚤:通"早"。登陴(pí):登上城墙,引申为守城。夷:平,这里指攻破。　　[11]外宅儿:史载,唐代魏博节度使田承嗣为吞并潞州,招募军中勇武者三千人以为亲兵,号"外宅男"。这里代指勇士。　　[12]"斯时"二句:指鲁王与张名振、张煌言等率军在吴淞口牵制北路清军,并获大胜。吴淞口,在今上海,原为吴淞江入海口,现为黄浦江与长江的交会处。行(háng)间,行伍之间,指军中。　　[13]"又闻"二句:指城内军民拼死巷战而不敌,最终遭清兵

屠城。 [14]"忠臣"句：史载，周武王伐纣，伯夷、叔齐耻食周粟，入首阳山采薇而食，饿死山中。"义士"句：史载，汉朝建立，自立为齐王的田横率部五百人逃亡海岛。汉高祖召之，其不愿臣服，于途中自尽。部属闻之，悉于岛上自杀。后以"田横岛"谓忠烈亡命处。刎，以刀割颈。 [15]"椒涂"二句：指鲁王元妃及宫嫔投井而死，鲁王行宫也毁于一炬。椒涂，后妃所居宫室，借指鲁王元妃。玉叶，帝王子孙。眢（yuān）井，枯井。甲第，这里指鲁王行宫。珠珰，贵重饰物。劫灰，劫火的余灰。 [16]跳号：飘荡号叫。 [17]土花：苔藓。斨：方孔的斧子，兵器。 [18]铁裲裆：铁制背心，这里引申为将士。龙荒：漠北边远之地，这里指清廷。 [19]天狼：星宿名，古人认为象征贪残侵扰。酹：将酒洒在地上，表示祭奠。椒浆：椒浸制的酒浆，多用以祭神。

赏 析

这首长篇歌行作于南明鲁监国六年（1651），亦即清顺治八年，以白描手法追述了极为悲壮的舟山之役。全诗分三部分。首先叙写鲁王退守舟山的原因、海峡天险的情状和海上经营的过程，当然，也有诗人对这场之于南明王朝命运具有转折意义的战役的沉痛反思。如"共言""况乃"二句，即揭示了鲁王君臣对海峡天险的过分依赖，以及对清兵渡海作战能力估计的严重不足，为后面清兵突袭，南军仓促应战、最终失败的悲剧埋下了伏笔。自"东风"句始，是第二部分，也是本诗的主体，详细描述了舟山保卫战的惨烈经过。清兵势如雷霆，一夜之间突破明军海上防线，大举登陆，围攻舟山孤城。守城军民同仇敌忾，拼死血战，体现了崇高的民族气节，读后令人血脉偾张。"而今"句以下，则通过两个反问，既慨叹虫沙猿鹤、沉沙折戟之恨，又警醒包括诗人在内的南明君臣勿忘前车之鉴，生聚教训，雪耻复仇。综观全诗，实是痛定思痛之语，字里行间弥漫着沉重的气氛，为后人留存下了一页宝贵的信史。

重经羊山忆旧与定西侯维舟于此 [1]

海国天空一柱撑，重过画鹢似逢迎。[2]
双牙旧忆联翩驻，八翼新看跳荡行。[3]
化去鸾旗难入梦，分来龙剑尚孤鸣。[4]
羊山亦有羊公泪，片石应同岘首情。[5]

(《张苍水集》卷二)

注 释

[1]羊山：即洋山，位于嵊泗列岛西部的崎岖列岛，今属舟山市嵊泗县。定西侯：即张名振。南明永历八年（1654），即清顺治十二年，其与张煌言会同郑成功部收复舟山。岁末，不幸猝死。维舟：系船停泊。　[2]"海国"句：指洋山孤峙海中，一柱擎天。画鹢：装饰有鹢首的船，这里指战船。逢迎：迎接。　[3]双牙：古代军营前所立大旗称"牙旗"，后以"牙"称将军住所，此处指张名振、张煌言。联翩：连续不断。八翼：相传东晋名将陶侃曾梦生八翼，飞而上天，见天门

九重,只登其八,后陶侃都督八州,握重兵。这里指张煌言在张名振逝世后,受其生前所托,继续领军。跳荡:冲锋陷阵。　[4]鸾旗:仪仗中的旗帜,这里代指张名振。龙剑:宝剑,这里指张苍水所率张名振遗部。　[5]羊公泪:史载,西晋时,羊祜都督荆州,屡建德政。其卒后,襄阳百姓为立碑于岘山,见其碑者无不流泪。后称之为"堕泪碑"。片石:石碑。岘(xiàn)首:即岘山,在今湖北襄阳。

赏　析

　　南明永历十年(1656),即清顺治十三年秋,张煌言重过洋山,回忆起两年前曾与张名振三入长江,其间泊舟驻师于此,而张名振不久含恨病逝舟山,故感慨作此。诗首联写所见实景。洋山在辽阔的海面上一柱擎天,远道而来的舟船,可在此暂歇修整,对于多次经过,且曾与知己在此并肩作战过的苍水来讲,更觉亲切。"海国"一句语含双关,既实写洋山之雄奇,也暗寓摇摇欲坠但仍竭力支撑的大明社稷。颔联谓往日与张名振挥师北征的记忆又在苍水思绪中浮现,故地重游,斯人已逝,过去那种心心相印、互为撑持的情景已难再现。颈联将苍水的孤独感表达得入木三分,故人远去却不曾于梦中归来,只能牢记其生前嘱托,率其余部奋力北征。尾联表明自己并非为一人荣辱,而是要像时刻想着渡江伐吴的羊祜那样,实现复国事业。而这样的抱负,却因种种原因难以施展,自己的心曲只能付与后人追念。全诗气势雄壮,感情充沛,但也笼罩着凝重的气氛,其中因志不能用而涌动的无奈孤独感尤其使人动容。

张 莺

张莺（？—1658），字章友，又名潜，字又陶，鄞县（今属浙江宁波）人。少同周容读书，明亡，易名隐居，与诸遗民唱和往来。后以母命出补诸生，赴顺治十四年（1657）乡试，以举人授神木知县，不及一年，劳瘁而卒。

插 界

去年徙舟山，万室入蛟门。

妇子牵衣泣，畏此波涛翻。

田庐非所计，何处谋饔飧。[1]

小儿饥索饭，老羸卧树根。[2]

伶仃弃沟壑，十口半无存。

部帖昨忽下，再迁沧海村。[3]

江浙与闽粤，千里哭声吞。

军机严须臾，迟者死郊原。[4]

仓皇未出户，兵火燎丘园。

晴宿深林隈，雨寻古庙垣。[5]

犹幸旧生涯，涂畔鱼盐繁。

泥行惯乘檋，可以资晨昏。[6]

虽遭失家苦，浩荡天地恩。

顷闻令插界，插木稠如藩。

咫尺谁能越，惨淡岛云奔。

（《续甬上耆旧诗》卷八一）

注 释

[1]饔飧（yōng sūn）：饭食。 [2]老羸（léi）：年老体弱。 [3]部帖：官署下发的公文，这里特指迁海令。 [4]军机：军令。郊原：郊外原野。 [5]隈：角落。垣：矮墙。 [6]"泥行"句：海滨滩涂泥泞，湿软易陷，故渔民近海作业时，多乘木檋，俗称"泥马"。资：资生，赖以为生。

赏 析

　　顺治十三年（1656）八月，清军入海，再次攻陷舟山，并奏请迁民入内地，撤回汛守，钉桩立界。次年，强迁舟山岛民。十八年，又尽迁江、浙、闽、粤沿海居民，严行海禁。此诗正是基于"迁海插界"的大背景所作，细致记叙了舟山百姓惨痛的迁徙经历。诗开篇十句回忆"去年"百姓由舟山岛徙入内地海边暂居的惨状。

接着十六句写"插界"给人民带来更大的苦痛:"沧海村"大概是海边临时居住点,海岛迁来的百姓"虽遭失家苦",还可以依海过上"旧生涯",但是这次"部帖"严令内迁,强行驱赶,百姓不仅失去了家园,还失去了赖以谋生的鱼盐"旧生涯"。最后四句写当时清朝统治者钉桩立界,严禁下海,无以农耕的岛民只能是死路一条。全诗语言质朴,细节描写尤为感人,将统治者的暴行与"天地恩"对比,更是突出其不顾人民死活的凶残本性,确富"诗史"特色。

宋　夏圭(传)　风雨行舟图

乔 钵

乔钵（1605—1670），字叔继，号文衣，内丘（今属河北邢台）人。明贡生。工诗，曾与魏裔介等立社酬唱，为王士禛盛推。入清后，历任郏县主簿、湖口知县、剑州知州等职。顺治八年（1651），清兵入海围剿舟山，城中死者枕藉，惨不忍睹。乔钵时任宁波府经历，将遗体集中于城北龙峰山火葬，勒碑横书"同归域"。有《乔文衣集》。

昌国怀古

环海多膏壤，况通万里津。[1]

山川唐旧邑，文物宋遗民。[2]

要地需封守，残黎仗拊循。[3]

重迁应轸念，谁为上书陈。[4]

（光绪《定海厅志》卷三〇）

注 释

[1]膏壤：肥沃的土壤。"况通"句：指舟山地处海上交通要道。
[2]"山川"句：唐开元二十六年（738），始置翁山县，辖古甬东境（今

舟山），故谓。"文物"句：指礼乐风俗尚存旧时制度。　[3]封守：防守。残黎：疲敝的民众。拊循：慰抚，护养。　[4]"重迁"二句：诗人自注："时议徙乱后居民。"重迁，即安土重迁，谓黎民安于乡土，不愿轻易迁移。轸念，深切顾念。

赏　析

　　顺治八年（1651）秋，清军入海，攻陷舟山。乔钵时任宁波府经历，随军来到舟山。他不仅主持瘗葬了城中数以万计的死难者，对幸存百姓备受离乱的遭际同样怀有深切的同情与忧虑。这首诗即体现了这种复杂的心境。诗首先以极大的时空跨度，构筑了舟山的地理与历史人文，又以"宋"代"明"，遮掩了其"指斥时事"的锋芒。颈联力排众议，提出应对之策，即封守重地、安抚人民，体现了诗人的高远识见与仁者胸怀。尾联发出感慨：舟山人民安于故土，不愿背井离乡，这样朴素的志愿，理应受到轸念，但自己位卑言轻，又有谁能代为上陈人民的拳拳之心呢？此诗虽题为"怀古"，但重点在于"悲今"。其直抒胸臆，思虑深远，情深语切，表达了对人民的同情和对时事的无奈。

闻性道

闻性道（1620？—？），字天乃，号惢泉，鄞县（今属浙江宁波）人。清康熙十七年（1678），诏开博学宏词科，力辞不赴。其博学多识，参修《鄞县志》。工于辞章，所作诗文颇夥。有《惢泉文恒》《惢泉诗渐》等，今佚。闻性道与乔钵友善，曾协助其将舟山之役中死节的遇难者火化，同葬于城北龙峰山下。

同归域歌为内丘乔参军文衣作 [1]

天星昼陨纷如雨，蹈刃投缳照烈炬。[2]

魂游寥廓剩遗骸，崩崖碎石相支拄。

蛟龙怒吼不敢窥，乌鸢哀号空复聚。[3]

朝朝暮暮暴露久，何人动念收羁旅。[4]

海东波沸连鼓鼙，城北土高失钟簴。[5]

参军见之心骨悲，诉天不应叩地许。

与余俯拾堆高冈，掘坎瘗藏共一宇。[6]

虽缺陈奠□春秋，不系姓名自客主。[7]

林风凄其日色暗,恍惚云旗争飘举。[8]

神物巨灵来呵禁,山君龙伯永守御。[9]

埋完肃容特下拜,泪迸飞泉垂万缕。

野草先为渍血红,吞声谷鸟寂无语。[10]

他年定逢好事人,漫题三字凭记取。[11]

(《四明清诗略》卷首下)

注　释

[1]同归域:顺治八年(1651)九月,舟山为清军攻陷,阖城死节。同归域为死难者的合葬墓地,在今舟山市定海区。内丘乔参军文衣:即乔钵。　[2]"天星"句:古人以"星陨"喻指贤人死亡,这里指死节诸臣及军民。蹈刃:谓自刎。投缳(huán):谓自缢。　[3]乌鸢:乌鸦和老鹰,均贪食尸肉,故常作为战争的意象。　[4]羁旅:寄居异乡的人,这里指死难的南明军民。　[5]"海东"二句:诗人自注:"时战舰林立海沙,普慈寺已焚。"钟簴(jù),悬挂乐钟的格架,这里代指普慈寺。　[6]掘坎:挖掘墓穴。瘗(yì)藏:埋葬尸骸。宇:这里指墓穴。[7]陈奠:陈献祭品,追悼死难者。春秋:一指春、秋两度祭祀,一指春秋大义。"不系"句:指墓碑不写具体姓名,祭祀也不分客祭和主祭。[8]凄其:凄凉悲伤的样子。　[9]呵禁:喝止。山君:山神。龙伯:传说于海边居住的龙伯国巨人。　[10]谷鸟:即杜鹃鸟。传说杜鹃鸟昼夜悲鸣,吐血而止。借此形容极度哀伤之情。　[11]三字:即墓碑上所题"同归域",意指壮烈成仁,同归于尽。

赏 析

　　这首七言歌行可作为一篇哀诔读,所述本事可参看前选诸诗。全诗二十六句,可分三层。开篇两句概述舟山军民抗清的惨烈,"天星"二字正体现了诗人对死难者的敬重。其下六句写死难者遗骸夹杂着崩崖碎炮,暴露荒城,乌鸦、鹰隼盘旋哀号,啄食尸骸,凄凉恐怖。再以"鼓鼙"与"钟簴"对举,写人性近于禽兽,礼乐沦于糟糠。以上统为第一层,由于诗人亲身经历,故对于战场气氛描写十分逼真。第二层前四句写瘗葬死难者遗骸的过程,后六句以实景"林风""日色""云旗"和想象的"神物巨灵""山君龙伯"来祭颂死难者的春秋大义,并寄望山灵能呵护英魂毅魄。最后六句又为一层,表达了诗人对死难者的深切哀悼,并确信这一可歌可泣的事迹将垂于不朽。全诗层次井然,实虚结合,情感跌宕起伏,融叙事、写景、抒情于一体,内涵民族大义,引而不发,悲壮动人。

李邺嗣

李邺嗣（1622—1680），名文胤，以字行，号杲堂，鄞县（今属浙江宁波）人。鲁王监国，李邺嗣与其父奔走于山海之间，坚持抗清斗争。入清，绝意人事，以遗老自居。诏开博学宏词科，地方官吏争相举荐，以死力辞。与黄宗羲介于师友之间，时浙东学术则推黄，诗文则推李。致力于乡邦文献搜集，辑有《甬上耆旧诗》。又有《杲堂文钞》《杲堂诗钞》等。

翁州词

翁州未徙前，城门鸣乌聚噪万数，井水黑。未几，变起。翁山多猿，山家俱畜犬御之。火后，犬奔山，猿鸣满谷，所谓"鸟乱于上，兽乱于下"。[1]

黑云如山海上奔，白日鬼啼翁州门。
乌鹜百万啄人屋，腥风夜吹井水浑。[2]
须臾大火空城起，七十二岛同时焚。
寿泠流民缘岸哭，十家五家徙鱼腹。[3]
黄犬嗥嗥走山谷，老猿引雏尽登木。

（《杲堂诗内钞》卷三）

注 释

[1]鸟乱于上，兽乱于下：语出《庄子·胠箧》，谓治世无道，天下大乱。　[2]乌鹙（qiū）：一种性情贪恶的水鸟，这里喻指清军。[3]寿泠流民：相传东汉伏波将军马援率军南征，有兵卒留在寿泠这个地方，定居繁衍，号"马留"，其穿衣饮食与中原故土无异。这里代指舟山的遗民。"十家"句：指渡海内迁多有溺死。黄宗羲《舟山兴废》："北人以舟山不可守，迁其民过海，迫之海水之间，溺死者无算，遂空其地。"

赏 析

顺治十三年（1656），清廷强迫舟山岛民迁入内地。李邺嗣的这首七古记叙了"流民"的惨状，正可与张鸢的《插界》对读。诗前小序略叙诗意。全诗十句，前六句为一韵，后四句转韵，随韵叙事，可分两层。第一层先写迁海令下发前的异象，黑云压海、城门鬼啼、乌鹙聚噪、风腥井浑，这些都表明清廷倒行逆施，违背了大意民愿；又直叙清军焚毁城郭，强迫迁徙的暴行。史载，舟山迁海"勒期仅三日"，故用"须臾"二字，可见祸变之非常。第二层写百姓之凄惨：毫无准备的"流民"在岸边痛哭，被迫渡海者半数葬身鱼腹，而丧家的黄犬逃入山中狂吠，猿猴也吓得带着幼崽栖身树上。全诗纯以白描，意象绵密而独特，描绘了一幅凄厉阴惨的末日图景，但又叙事冷峻，情感内蕴，极具悲愤的张力。

张 斐

张斐(1625—?),原名宗升,字非文,号霞池,余姚(今属浙江宁波)人。少好学,不治章句,卓荦有奇气。明亡后,舍弃举业,绝意仕进,周游天下,后不知所终。有《莽苍园稿》。

东海打鱼歌

春海茫茫鱼起口,渔人千帆出海走。[1]
捋柁敧樯杂蛟螭,撑突波涛取石首。[2]
忆昔海徼承平日,十家九家多富室。[3]
天下鱼盐流泉通,不独网罟纵出入。[4]
一朝法令禁莫施,白日不敢潜捕为。
暮夜赤脚苦沙砾,掇拾虾蛤沽妻儿。[5]
今年船船尾相衔,大鱼小鱼百丈牵。[6]
渔人气猛提网急,一呼船集争各先。
鱼竭水浑吁可怪,群龙怒抟船几坏。
黑风白浪恸鬼神,回船入岛呼老大。[7]

不见公家赋税频,簿书不遗鬐与鳞。[8]

嗟尔冒险亦何苦,慎勿贪得厌清贫。

(《莽苍园稿》)

注 释

[1]起口:诗人自注:"鱼有声,土人谓之起口。" [2]柂:同"舵"。蛟螭:蛟龙,这里指船旗上的蛟龙纹样。撑突:驾船突进。石首:黄鱼。 [3]海徼(jiào):近海地区。 [4]流泉:古代钱币名,泛指钱币。网罟(gǔ):捕鱼的工具。 [5]沾:沾润,养活。 [6]百丈:牵船的篾缆。 [7]老大:诗人自注:"掌船者之称。" [8]簿书:官署文书,这里指登记赋税的册子。鬐(qí)与鳞:这里泛指海产品。鬐,通"鳍"。

赏 析

清康熙二十五年(1686),诏开复舟山。次年,以"山名为舟,则动而不静",诏改舟山为定海山。自此,海禁初开,渔民得以重获出海捕鱼的权利。张斐的这首七言歌行便以此为背景展开。诗开篇四句总叙渔民春天出海捕鱼的盛况:暮春时节,大海茫茫,黄鱼群集,发出"咕咕"的叫声,渔船纷纷出港,竞相捕捞。以下八句写东海渔场曾经的辉煌与衰落:和平时期,海疆安宁,沿海人民净获鱼盐之利,家家富有;后遭战乱,清廷颁行禁海令,渔民只能晚上偷偷去海边,踩着砂石,拾取一些小鱼小虾贝壳之类，养活妻子儿女，生活极为困苦。最后十二句叙写捕鱼近况：渔民齐心协力，日夜劳作，船船满载而归，而这似乎惹怒了龙王，兴起风浪撞坏渔船，渔民无计可施，只得请船老大回船归港；而官府已频频对捕捞征税，故诗人奉劝渔民不要冒着生命危险酷渔滥捕——盖多捕多税，渔民所获其实有限。全诗叙述生动，语言平实，今昔对比，爱憎分明，颇具白居易新乐府的特色。

明　周臣（传）　渔村图（局部）

姜宸英

姜宸英（1628—1700），字西溟，号湛园，又号苇间，慈溪（今属浙江宁波）人。清康熙三十六年（1697）进士，早年曾以布衣荐入明史馆，任纂修官，分撰《刑法志》，后又从徐乾学修《大清一统志》。有《湛园集》《苇间集》《海防总论》等。康熙三十一年春，姜宸英入海登普陀山，后受定海总兵蓝理之邀，赴定海游访，舟至螺头门，因阻潮不进。

夜渡横水洋[1]

莫诧纵横水荡摩，人情底处不扬波。[2]

舟如星汉槎头泛，客在鱼龙背上过。[3]

半夜豁开疑日近，孤帆欹侧仗风多。[4]

中流一砥今谁是，且向蓬山采绿萝。[5]

（光绪《定海厅志》卷一四）

注　释

[1] 横水洋：位于舟山本岛和金塘岛间，因这一海域的洋流为南北走向，而往来舟船多东西而行，故称。　[2] 荡摩：形容海水激漾。底

处：何处。　[3]"舟如"句：传说天河与大海相通，有浮槎往来其间。　[4]欹侧：倾斜，歪斜。　[5]中流一砥：原指黄河中的砥柱山，后喻指独立不挠、力挽狂澜的人。蓬山：即蓬莱山，传说中的海上神山。

赏　析

姜宸英饱学多才，早负盛名，却屡试不中，直至康熙三十一年（1692），年届六十五岁的他依然只是一介诸生，心中悒郁，遂暂别京城，回到故里慈溪，并泛海前往普陀。横水洋是慈溪至普陀山的必经海域。舟行海上，同行者无不对冲震激荡的海水感到惊诧，而诗人大概是经历了太多的人世风波，却觉得这与险恶的人情相比又算得了什么呢？故中间两联，诗人以极闲适的笔调，描绘独特的夜渡景致：天空倒映海中，海底鱼潜龙藏，舟行其间，如仙人乘槎银汉；孤舟借劲风，饱帆而下，仿佛能直达日出之地。尾联谓自己虽以中流砥柱自期，但毕竟人到暮年，不得不作退隐之念。全诗融情于景，别发新声，哀不失壮，老到浑融。这首诗仿佛是一则预言。次年，姜宸英再入京师，中顺天乡试。四年后，以古稀之年蒙康熙帝钦点，探花及第。

释心越

释心越（1639—1695），法名兆隐，后更名兴俦，字心越，别号东皋，浦江（今属浙江金华）人。自幼出家，得法于阔堂禅师，为曹洞宗三十五世法嗣。后东渡日本，任寿昌山祇园寺开山住持，对日本文化有重大影响。其善诗文书画，通篆刻音律。有《东皋心越全集》。康熙十五年（1676），心越禅师于赴日途中，曾经舟山。

延宝丙辰秋宿瞿山有感（其一）[1]

晚凉寂历月初明，渐觉空山动客情。[2]

四野乱蛩悲不尽，须知此夜梦难成。[3]

（《旅日高僧东皋心越诗文集》卷一）

注 释

[1]延宝丙辰：指日本灵元天皇延宝四年（1676），亦即康熙十五年。瞿山：即衢山岛，今属舟山市岱山县。　[2]寂历：寂静冷清。客情：客居思乡的愁绪。　[3]乱蛩（qióng）：蟋蟀纷乱的鸣声。

赏 析

东皋心越禅师成长于忠义之家,其兄蒋尚郎曾于南明朝出任监军。顺治三年(1646),清兵过钱塘江,进取浙东。年少的心越大约在这一年遵父命出家,已然带上了"遗民僧"的烙印。康熙十五年(1676)六月,心越禅师受邀东渡,于杭州登舟,经舟山、普陀、衢山诸岛,直至岁末才到达日本。途中的某个秋夜,心越禅师候风衢山,自觉前路漫漫,而故乡日远,感慨作此。此时正值海禁,岛上人迹罕至。初秋天气,海岛夜凉如水,空旷寂寥,禅师仰望中天,一弯斜挂的新月尤显孤清。面对此时此景,又想起家园沦陷,此去异国,恐怕再难归来,而四野虫鸣如泣,更添悲切。即便是出家的禅师,也搅动起种种愁心,翻覆无眠。此诗由静而动,以动衬静,由视而听,情随景生,去国之悲与故国之思由一位方外高僧委婉道出,在"天崩地陷"的时代更富意义,洵为绝句佳制。

裘琏

裘琏（1644—1729），字殷玉，号蔗村，世称横山先生，慈溪（今属浙江宁波）人。清康熙二十六年（1687），得黄宗羲荐举，参与纂修《大清一统志》。康熙五十四年，始中进士，选翰林院庶吉士，告老乞归。擅诗文，好作杂剧传奇。有《复古堂集》《横山诗文钞》等。曾主修《定海县志》《南海普陀山志》，皆精审翔实。

潮音洞[1]

巨灵劈奇石，海岸豁深洞。[2]

中广如室房，其巅裂罅缝。

下窥窅以深，勇者生奇恐。[3]

怒涛澎湃来，狂飚善激送。[4]

一触迅雷轰，再触巨钟从。

天地殊晦冥，林樾相震动。[5]

巨浪倏吐吞，盈涸在操纵。[6]

来惊瀑布飞，回骇明珠弄。

谁击冰壶碎,琼瑶错万种。[7]

当其疾怒时,下拒乃上涌。

乘窍泛跃腾,洒面成雾凇。[8]

不知涛作雨,惊身坠崖空。

造化工幻戏,神圣假示众。[9]

哀哉洞口人,何时醒尘梦。

(裘琏《南海普陀山志》卷一四)

注 释

[1]潮音洞:在普陀山东南海岸,今补怛紫竹林禅院前。外广内狭,上有天窗,佛教传说为观世音菩萨所居,自唐迄今,一直是普陀最重要的宗教景观之一。 [2]巨灵:传说中劈开华山的河神。豁:裂开。 [3]窅(yǎo):深远幽暗的样子。 [4]狂飚:急骤的暴风。 [5]殊:特别。晦冥:昏暗的样子。林樾:林木。 [6]倏(shū):突然。盈涸:这里指洞中海水时而盈满,时而倾竭。 [7]琼瑶:美丽的玉石。错:这里指磨碎。 [8]乘:趁着,利用。雾凇:水汽冷凝而成的冰花。 [9]幻戏:变化。假:凭借。

赏 析

此诗写景颇富特色,层次井然。开篇六句勾勒出潮音洞之形,并起以神幻的想象:传说中有巨灵神劈开华山,而这海岸的

清　张浛　潮音洞图

深洞，是否也是出自鬼神之手呢？洞中宽敞如屋，洞顶中裂，俯身下瞰，幽邃不知其底，令人神骇色惧。其下十八句紧扣洞名"潮音"展开："潮"为怒涛，乘着海风汹涌而来，撞击洞壁；"音"如雷轰钟鸣，交响不绝，竟使天地变色，林樾震动。"潮"为"巨浪"，于洞中进出起落，如瀑碎珠散；"音"若冰碎玉磨。壁阻潮涌，彼此激荡间，潮水跃出洞顶，如冰花骤雨，令人惊骇。最后四句由景入理：大自然鬼斧神工，变幻莫测，居于此中的观音大士借此开示众生，人世纷扰，名枷利锁，不过也如大自然般瞬息万变，哪里值得留恋呢？诗中比喻生动，夸饰有力，卒章显志。其实裘琏自己一生追名逐利，直至七十二岁才博得进士功名，最终囚死，哀人何尝自哀？

蓝 理

蓝理（1649—1720），字义甫，号义山，漳浦（今属福建漳州）人。自幼尚武，后入施琅麾下，随征澎湖，拖肠血战，康熙帝称之为"破肚将军"。曾镇守定海，捐建天后宫，设八闽会馆，购民田为祭祀明末殉难诸臣之资，又奉旨兴修普陀山，留盔甲、战刀于山中，僧人建生祠以奉。

登南天门题山海大观于石上有赋 [1]

东西门既列，午阙可无开。[2]

海不扬波地，山偏尽日雷。[3]

钟鸣刁斗静，帆动象龟来。[4]

何必燕然石，始称汉将才。[5]

（裘琏《南海普陀山志》卷一四）

注 释

[1]南天门：在普陀岛南端的南山上，上有两石对立如门，故名。山海大观：题刻在今南天门大观篷外东侧岩石间，款书"定海总镇、左都督蓝理"。　[2]东西门：东天门，在普陀山几宝岭上。西天门，在

普陀山心字石上。午阙：即午门，指南门，古人以"午"为南，故名。[3]海不扬波：喻指太平无事。"山偏"句：古人以东方主雷，普陀山位于东海，故有此说。一说"雷"即"雷音"，喻指佛法。　　[4]"钟鸣"句：谓海战平息，僧还故地。刁斗，古代行军用具。白天作为炊具，夜晚敲击巡更。"帆动"句：舟山为中外海上交通的重要节点，这里指驾帆渡海，入贡奇珍。象龟，指贡品奇珍。　　[5]"何必"二句：东汉名将窦宪破北匈奴，登燕然山，刻石纪功。这里即化用典故。

赏　析

蓝理此诗紧扣"南天门"和"山海大观"展开。首联点题，作为兵家要地、佛教名山，普陀山既已有东、西二门，怎么能没有正当"子午之正"的南门呢？颔联谓如今区宇乂安，世道兴则佛教兴，作为天下名山的普陀道场也重现佛法昌隆的景象。颈联描述了两个细节：海疆镇静，舟山展复，僧徒纷纷渡海而来，寺院重鸣钟板之声；而满载奇珍异宝的朝贡船，云集莲花洋面，这不唯是山海雄奇之大观，更是天下一家、共庆升平的大观。尾联强调，并非出征边塞才是建功立业，当此清宁之年，能为国固边，则镌题普陀自与勒石燕然无异。全诗意象鲜明，境界远阔，宣扬军威，统摄佛事，是写普陀山诗中的别调，确是太平将军口吻。

缪燧

缪燧（1650—1716），字雯曜，号蓉浦，江阴（今属江苏）人。清康熙十七年（1678），以贡生选授沂水知县。康熙三十四年，调任定海。于定海任上，筑海塘三十余条，造闸门百余处，垦复农田数万亩。又缮城浚壕，劝学兴教，减赋免税，建成仁祠，续修《定海县志》。民感其德，为建生祠，固辞不受，改为蓉浦书院。逝世后，士民留葬衣冠于普慈寺侧，入祀名宦祠。

翁浦山[1]

耕者得铜鼎，无足而有耳。[2]

知是还丹具，葛翁炼于此。

置县名翁山，浦亦以为氏。[3]

自古荒僻地，多容隐君子。

五斗讵不荣，视之如脱屣。[4]

予宦且十年，道远未尝至。

何时芦花湾，涉江采兰芷。

（光绪《定海厅志》卷一四）

注 释

[1]翁浦山：又名翁山，在今舟山市定海区。相传葛仙翁（一说为三国时期葛玄，一说为晋代葛洪）炼丹于此，故名。　[2]"耕者"二句：据方志载，南宋乾道年间，有耕者于翁山下得一铜鼎，鼎足已缺，鼎耳尚在，传说即葛仙翁炼丹之器。　[3]"置县"句：史载，舟山于唐开元二十六年（738）首次建置，称翁山县。　[4]"五斗"句：陶渊明任彭泽令，不以五斗米之俸，屈身于乡里小人，即日辞官。后以"五斗米"喻指微薄俸禄。讵，岂，难道。

赏 析

此诗开篇六句先写翁浦山地名来历，而全部化用方志记载，为诗如文，明白晓畅，更由此玄怪的来历，营造了翁浦山隐秘的氛围。其下写由于海岛荒僻，自古便吸引了许多贤士高人前来隐居，借此接入诗人的感慨：一县之长，官阶虽微，到底有些清俸，但自己又岂会贪位恋栈呢？十年之间，由于忙于事役，又因道路遥远，竟然从未到此地寻访前人岩栖之处，真是辜负胜迹。末句化用古诗"涉江采芙蓉，兰泽多芳草"句意，谓今日寻幽吊古，俯仰间，倒是更令人有退隐归去之思了。中国古代的文士，出仕则向往归隐，归隐又往往渴望出仕，乃是一种"围城"现象。缪燧生性淡泊，倦于宦游，大概是由衷之言。然而，观其治绩斐然，政声卓著，却是干吏所为，这也是为求得形而上与形而下的平衡吧。

吴瞻泰

　　吴瞻泰（1657—1735），字东岩，歙县（今属安徽）人。早年为诸生，随父宦居京城，留心经术。曾十五次参加乡试，皆不中，于是遨游南北，以诗文为娱。所作冲夷简淡，不假修饰。沉潜典籍，泛观博览，精《文选》。有《陶诗汇注》《杜诗提要》《云门溪樵》等。康熙三十七年（1698），与叔吴菘同游普陀山。

梵音洞[1]

磅硠惊浪鼓，杳冥散烟雾。[2]

下有龙伯驱，上有珠帘布。[3]

神椎杰石裂，脉脉不得渡。[4]

初睇根虚无，黯默渐有遇。[5]

衣袖妙庄严，金人宛镕铸。[6]

移时法相微，儵然自来去。[7]

平生耳齐谐，景纯山海注。[8]

幻影惊盲聋，谲诞理亦具。[9]

长啸凌层霄，海鹤高骞翥。[10]

(《晚晴簃诗汇》卷六三)

注　释

[1]梵音洞：在今普陀山青鼓垒东南端，为海蚀洞穴，峭壁危峻，传说为观世音菩萨显圣处，自明末始成为普陀山重要的宗教景观。康熙三十八年（1699），御书"梵音洞"额。与潮音洞南北相对，合称"两洞潮音"。　[2]磅䃔：象声词，形容鼓声。这里形容海浪击石之声。杳冥：深远幽暗。　[3]龙伯：原指传说中龙伯国的巨人，这里谓水神。　[4]椎：撞击。杰石：巨石。　[5]睇：斜视，这里指俯视。黯黕（dǎn）：昏暗不明的样子。　[6]妙庄严：佛教用语，形容佛相端庄肃穆。金人：佛像。　[7]法相：佛教用语，这里指洞中显现的佛相。翛（xiāo）然：超脱、无拘束的样子。　[8]齐谐：先秦志怪之书，已佚。"景纯"句：指东晋学者郭璞，字景纯，曾为《山海经》作注。　[9]盲聋：喻指愚昧无知的人。谲诞：诡谲怪诞的事情。[10]海鹤：泛指海鸟。骞翥：高飞的样子。

赏　析

　　此诗可与裘琏《潮音洞》一诗对读。与裘诗先叙洞形，后及潮音不同，此诗起笔即写"音"，言未至洞边，已闻浪声急促如鼓，给人以强烈的听觉刺激。而洞顶水汽如雾，经久不散，又反衬洞中浪涛撞击之烈。来到洞顶，始见"陡壁两崖如门，洞深广百余丈"，此时两崖之间，尚未筑起石桥，故化用古诗"盈盈一水间,脉脉不得语"之句,描写隔若天渊之感。在洞顶俯瞰,巨浪如遭龙伯驱赶,不断入洞激荡,又上击崖壁,化成如珠玉般水帘。至此方简单交代洞形:岸边巨石如遭神灵撞裂,洞窟昏暗异常。以下写洞中显现观世音菩萨宝相,曼妙庄严,忽明忽灭,超脱自在。诗人自言虽读过一些古代的志怪书籍,仍无法解释这一奇景,但其中一定蕴含着一些未知的道理,只是愚蒙之人徒为表象所讶,而不知真实的佛理。尾句颇有意味,正当诗人陷入凝思之际,一只海鸟高飞长鸣,直入云霄,一如苏轼《后赤壁赋》篇末"适有孤鹤,横江东来。翅如车轮,玄裳缟衣,戛然长鸣,掠予舟而西也"的写法,更见悠远之感。全诗层次分明,详略得当,清人谓吴瞻泰之诗"冲夷简淡,有磊落之致",确乎的论。

明 丁云鹏 观音图(局部)

陈 璂

陈璂，生卒年不详，长洲（今属江苏苏州）人。清康熙四十三年（1704），应缪燧之邀，与昆山人朱谨共同增修《南海普陀山志》，在舟山生活了一段时间。

祖印寺[1]

翁洲第一古禅林，院宇俱芜佛仅存。[2]

沧海平时来破衲，遗黎归后理祇园。[3]

招邀素侣双荒径，尊重维摩一短轩。[4]

此去洛伽山不远，潮音日夜印心源。[5]

（光绪《定海厅志》卷二七）

注 释

[1] 祖印寺：始建于五代天福五年（940），初名蓬莱院，址在今衢山岛。北宋治平二年（1065），赐额"祖印"，遂改今名。南宋嘉熙二年（1238），迁入现址，在今舟山市定海区昌国街道。清初海禁，岛民内迁，寺院遭毁。康熙三十一年（1692），定海总兵蓝理募资修复。

[2] "院宇"句：据方志载，清初岛民内迁，城垣尽毁，祖印寺前后

亦无片瓦寸椽，独大殿巍然不动，如有神护。 [3]破衲：破旧僧衣，这里代指僧人。遗黎：指劫后幸存的百姓。祇园：寺院的代称。[4]素侣：即素友，情谊真纯的老友。维摩：即维摩诘，是佛教著名的居士。 [5]洛伽山：即普陀山。心源：即心性，佛教视心为万法之源，故称。

赏　析

康熙四十三年（1704）春，时任定海知县的缪燧亲撰《志例》，邀请好友朱谨、陈璿增修《南海普陀山志》，陈璿此诗当作于其时。首联点题，介绍祖印寺的悠久历史和灵异现象，大殿独存，佛法长在。颔联写舟山展复后，遗民归来，被迫游方内地的僧人重回祖印寺。康熙三十一年，定海总兵蓝理"捐俸鬻材鸠工而重新之，官吏士民亦竞乐施与，数月而草草就绪"，祖印寺初具规模。颈联转叙诗人和朱谨受到老友缪燧的邀请，前来增修志书；祖印寺里有间矮房专门供奉深受佛祖尊重的在家菩萨维摩居士，县衙简陋，缪燧又不愿意扰民，也了解两位老友的心性，就安排他们暂时栖身于此。尾联结述此行的目的地普陀山，诗人已经听到普陀山的潮音，感受到佛法的召唤。前半写祖印寺，后半写诗人对普陀山的神往，二者佛法交融，蕴含人事变迁和高洁友情，言近旨远，韵味无穷。

汪士慎

汪士慎（1686—1762？），字近人，号巢林，休宁（今属安徽）人。早年屡试不中，遂绝意于功名，潜心书画。中年流寓扬州，鬻画度日，以布衣终。汪士慎为"扬州八怪"之一，书工八分，画擅花草，尤精于画梅，所作墨淡趣足，清妙多姿。擅诗，有《巢林集》。

观　涛

日午下林麓，探奇忘巀嶭。[1]
踏过千步沙，渐近蛟龙穴。[2]
大壑空遥遥，灵变谁陈设。[3]
蜃气接云雾，曦光射虹蜺。[4]
一时万象生，转眼众形灭。[5]
升高一振衣，心向东洋折。[6]
天际来洪涛，排空波浪凸。[7]
声如群马奔，势若崩崖裂。

触石喷明珠，回澜铺白雪。

飞洒扑衿袖，光华透林樾。[8]

携手紫髯翁，狂呼叫奇绝。[9]

慨兹鸿钧力，活泼无休歇。[10]

天地入混茫，尘世在羁绁。[11]

自此返人寰，莫向鄙夫说。[12]

（《巢林集》卷一）

注 释

[1]日午：中午。巀嶭（jié niè）：山峰高耸的样子。　[2]千步沙：在普陀山东海岸，南起几宝岭，北至羼提庵前，因其长度近千步而得名。蛟龙穴：这里代指大海。　[3]大壑：大海。灵变：神奇的变化。　[4]蜃气：即"海市蜃楼"现象。古人误认为是一种名为"蜃"的大蛤蜊吐气而成。虹蜺：即彩虹。　[5]万象：指一切事物或景象。　[6]振衣：抖衣去尘，表明去除世俗尘污的态度。　[7]排空：凌空，涌向天空。　[8]衿：指衣襟。光华：这里指大海反射的阳光。林樾：林木。　[9]紫髯翁：指方可村，字古岩，为汪士慎挚友。　[10]鸿钧：大自然。　[11]羁绁（xiè）：拘缚的绳索，这里指世间俗事的羁绊。　[12]人寰：人间。鄙夫：浅陋庸俗的人。

赏 析

清雍正十一年（1733）春，汪士慎游寓宁波，一面鬻画，一面遍览浙东山水。其间，与友人方可村渡海游普陀山，作诗数首以纪其事，此即其一。

诗开篇四句先做铺陈，谓中午时分，穿梭于山林之间，诗人急于观海，全然忘却了山行的劳顿，大步穿过千步沙，就靠近普陀山东边一望无际的大海了。"奇"字是对海景的期许，"踏"字显出观海之急切。其下八句写海，诗人的总体感受是"空遥"和"灵变"：大海云雾茫茫，仿佛海市蜃楼般虚幻，日光映射，绚烂的彩虹很快消散，这种瞬息万变的奇观，大概只有神灵才能驱使吧。诗人不禁走向高处，抖去衣服上的尘土，向大海深深礼拜。自"天际"起十句为全诗主体，写登高观涛：海浪汹涌，冲天而来，势如万马奔腾，直欲崩山裂石，浪触岩礁，忽而若明珠四散，溅湿衣裳，忽而若白雪铺卷，光耀林间。面对如此形、色、声、势齐备的壮观场景，诗人与好友方可村虽常涉江湖，亦不禁挽手狂呼"奇绝"。诗结尾六句抒发感慨：自然之力，神秘莫测，人世间名缰利锁，死气沉沉，真是鄙陋可笑，不值一提。全诗结构别具一格，赏海则先总后分，观涛则先分后总，"变""奇"相生，层次井然而不乏变化。而拟物赋形，又粲然如画，并具情景交融之美。

全祖望

全祖望（1705—1755），字绍衣，号谢山，别署鲒埼亭长，鄞县（今属浙江宁波）人。清雍正七年（1729），以选贡入京。乾隆元年（1736），授翰林院庶吉士。后辞官返里，以著述授徒为志。全祖望被视为"浙东学派"集大成者，研治宋末及南明史事尤精，又留心于浙东文献搜辑。有《鲒埼亭集》《经史问答》《续甬上耆旧诗》等。

梁鸿梁山 [1]

梁生赋罢五噫作远游，来朝爱及孟姬来翁洲。[2]
此间山水殊不恶，胡为别向姑苏卜一丘？[3]
要离乃是吴妄人，拟之烈士非其流。[4]
幽宫有知应不憩，魂魄定当重过此地相勾留。[5]
更闻岩间多墨迹，晋魏题名辉贞石。[6]
天风海涛千年余，渐与桑田同剥蚀。
痴人不解怀古心，妄参大士听潮音。[7]
顶礼膜拜不可禁，高贤遗址委荒林。[8]

笑我钝根别有契,梁山山上独长吟。[9]

(《句余土音》卷中)

注 释

[1]梁鸿:字伯鸾,东汉初年隐士,品行高洁。梁山:即梁鸿山,俗称梁横山,在今舟山市普陀区。传说梁鸿曾隐居于此,故名。 [2]五噫:即《五噫歌》,为梁鸿所作,诗共五句,句末都以"噫"字作为感叹,故称。该诗谴责帝王的穷奢极欲,对人民的苦难表达深切的同情。来朝:次日。爰:于是。及:和。孟姬:即梁鸿之妻孟光。 [3]胡为:为什么。姑苏:即今苏州。卜:卜居,择地而居。 [4]"要离"二句:要离为春秋时期刺客,曾受雇刺杀吴公子庆忌。梁鸿死后,皋伯通等人将其葬于要离墓旁,认为要离是壮烈之人,而梁鸿为清高之士。妄人,无知妄为的人。流,品类,含贬义。 [5]"幽宫"二句:意谓梁鸿如在地下知道其与要离葬在一处,定当不满离开,返魂至海上,留在梁鸿山间。勾留,停留。 [6]"更闻"二句:据方志载,晋魏以来,梁鸿山多名贤墨迹,年久率不可读。贞石,坚硬的石头,多指碑石。 [7]"痴人"二句:意谓庸人不懂得到此处思念古人、怀想古迹,大多只往普陀山参礼观世音菩萨。 [8]委:丢弃,抛弃。 [9]钝根:佛教用语,指根机愚钝,不能领悟佛法。契:领悟。

赏 析

此诗以大时空跨度构建传说中的梁鸿山,其不拘于图写山水,而意在宣泄情志。诗分两层，第一层言，梁鸿和妻子孟光已经到了这座风光不恶的海上小山隐居，却不知道为何又要去苏州，并强调梁鸿死后不愿与要离共葬一地，其魂魄定会回到这座小山，留恋不去。意谓要离也只是服务于争权夺利的君王，算不上烈士，与梁鸿并非同类人。第二层言，梁鸿山为高人隐居处，又有前贤墨迹题刻，只是千年以降，多已剥蚀，痴客庸人没有怀古之心，致使梁鸿山被委弃冷落。此处以普陀山和观音大士作比，无非是为了衬托梁鸿山的湮没无闻和梁鸿本人的身后寂寞。诗人作为深知浙东史地的学者，也许并不相信梁鸿真的在此山中隐居过，其作此诗，实欲引梁鸿为异代知己，咏梁鸿即咏诗人自己，而梁鸿山，不过是其借以寄兴的空间之一。

陈大令岱山操[1]

  慈溪大令陈文昭，名麟，受业于慈之儒宝峰赵氏（偕），以传慈湖之学。方国珍军入庆元，独公不屈。国珍执而投之海，或谏而止，乃囚之岱山，终不屈而死。今《翁洲志》谓公避方氏于岱山者非。[2]

  昔年宝峰兮，北面受教。

  昼而鸣琴兮，夜则讲道。

  圣学有真兮，惟忠与孝。[3]

讵以城邑兮，赍彼群盗。[4]

愤彼元帅兮，丧其旌纛。[5]

空令下吏兮，义愤懆懆。[6]

洋洋东海兮，岱山其隩。[7]

追踪苏卿兮，困于雪窖。[8]

西瞻宝峰兮，灵光有曜。

不负吾师兮，临流长啸。

（《句余土音》卷下）

注　释

[1]陈大令：即陈麟（1312—1368），字文昭，永嘉（今属浙江温州）人。元末曾任慈溪县令，故称。后因不肯依附方国珍，被囚于岱山。操：原为琴曲或鼓曲名，后成为一种诗歌体裁。　[2]宝峰：即赵偕（？—1366），字子永，慈溪（今属浙江宁波）人，宋宗室，入元后隐居于大宝山（在今宁波），世称宝峰先生。慈湖：即杨简（1141—1225），字敬仲，号慈湖，慈溪人，南宋理学家。　[3]圣学：指孔子之学。真：根本。　[4]讵：难道。赍（jī）：送。群盗：指方国珍部。　[5]元帅：这里指弃城而逃的元军将领。旌纛：大旗，这里指军旗。　[6]下吏：属吏，这里指县令陈麟等地位较低的官员。懆（cǎo）懆：忧愁不安的样子。　[7]隩：定居之处。　[8]苏卿：即苏武（？—前60），字子卿。汉武帝时，苏武持节出使匈奴，因坚拒不

降，被单于拘留，困于雪窖之中。后多以"苏武之节"代指坚贞不屈的志节。

赏　析

　　这是全祖望以陈麟的口吻，代为其述志抒怀的琴操。作品首先描绘了陈麟向赵偕拜师学习的场景，先生关于忠孝之道的教导，使陈麟懂得了如何坚守气节和面对人生的磨难，这使其敢于在国家危难之际，挺身而出，誓死守节。其下言陈麟被幽囚到偏僻荒远的海岛，在几无生还希望的情况下，依然以先生的教导为指引，以持节北海、不变坚贞的苏武为榜样。荒僻的岱山，正因有了这样一位忠心可表天日的君子，而由神话传说中的虚无缥缈之地，成为一座象征不屈精神的英雄之岛。汉代刘向言："君子因雅琴之适，故从容以致思焉，其道闭塞悲愁而作者，名其曲曰'操'，言遇灾害不失其操也。"全祖望作此琴操之深意，正在于借古人之口，消自家之块垒，用以激扬气节，表彰忠义，读者不可不识。

洪亮吉

洪亮吉（1746—1809），字稚存，号北江，阳湖（今属江苏常州）人。清乾隆五十五年（1790）进士。嘉庆四年（1799），参修《高宗实录》，因语言戆直忤触，发配伊犁，次年赦免回籍。精于史地、声韵、训诂之学，重视考辨。工诗文，强调"性情""气格"，为"毗陵七子"之一。有《更生斋诗文集》《北江诗话》等。

李兵备以会勘江浙地界泛海至羊山信宿公事毕绘泛海图属题率成长句以正 [1]

一帆出海何飘然，五百甲卒藏戈船。[2]

帆樯解与潮势斗，五色幢上蛟龙缠。[3]

竿梢时浮复时没，蜃气回环一山出。[4]

海风吹人若步虚，却及岛中方履实。[5]

谁言海外一事无，文案积若牛腰粗。[6]

经时履勘事甫竣，瞰海绝壁如浮图。[7]

故人尚有洪厓在，挂席何应不相待？[8]

请公别买一叶舟,我亦时来看东海。[9]

(《更生斋诗》卷八)

注 释

[1] 李兵备:即李廷敬(1745—1806),字景叔,一字味庄,号宁圃,沧县(今河北沧州)人,时任苏松兵备道。会勘江浙地界:由于江、浙两省互相推诿,导致洋山附近海域成为海盗出没逋逃的重灾区,于是有会同江、浙地方文武官员查勘海洋分界之举。羊山:即洋山,今属舟山市嵊泗县。信宿:连住两夜。 [2] 戈船:战船。 [3] "五色"句:谓五色龙旗。幢,旗帜。 [4] "蜃气"句:谓洋山如同海市蜃楼般出现。 [5] 步虚:凌空步行。却及:退到。履实:脚踏实地。 [6] 文案:官署中的公文。牛腰粗:喻指文案卷轴数量大。[7] 经时:经历很长时间。履勘:实地勘测。浮图:佛塔,这里形容海上山崖之高大。 [8] 洪厓:一作"洪崖",传说中古代的仙人,善歌舞。这里是诗人自称。何应:怎能。相待:等我。 [9] 别:另外。

赏 析

清嘉庆八年(1803)十月,时任苏松兵备道的李廷敬因履勘江浙地界,巡海至洋山,并绘《泛海图》以记。十二月,洪亮吉重游上海,李廷敬请其题诗画上,诗即作于其时。

此诗前八句叙写李廷敬巡海勘界:李兵备带着五百水兵出海,顺风张帆,龙旗飘扬,战船随潮起落颠簸,人如空中行走,测竿伸出，忽浮忽没，洋山出现，如同海市蜃楼，登上洋山岛后才感到踏实。"飘然"为全诗基调，"藏"显示李兵备不爱张扬的行事风格。接着四句写巡海考察的意义：李兵备经过考察，收集了大量资料，并且绘图标明。俯视《泛海图》，那些海中山崖如同佛塔一样陡峭，这些对海防和渔民都很重要。最后四句以薄责老友的语气写诗人为自己没有随同巡海感到遗憾，希望老友另备一船，以便随时看海。诗结尾诙谐，呼应开头。作为题画诗，此诗句法灵活，声律和谐，笔调轻松，意象鲜明，既紧张又充满惊奇，既调侃又不失赞誉，非挚交不能道此。

清　佚名　靖海全图（局部）

陈庆槐

陈庆槐（1766—1807），字应三，号荫山，定海（今属浙江舟山）人。清乾隆五十五年（1790）进士，历任军机处汉章京、文渊阁检阁等职。嘉庆五年（1800），因病乞还，居家读书，绝意仕进。其诗兼采唐宋，善于抒写性情，清超隽永，卓然成家，时人誉"多少诗中老名士，因君不敢小舟山"。有《借树山房诗草》。

舟山竹枝词（其二）[1]

面条鱼细墨鱼鲜，鲎酱螺羹上酒筵。[2]
橄榄村中贩虾米，桃花山下种蛏田。[3]

（《借树山房诗草》卷七）

注 释

[1]竹枝词：原为巴渝民歌，后成为文学体裁，多为通俗轻快的绝句，以描写地方风物为主。　[2]面条鱼：指定海所产之银鱼，较一般银鱼更为莹洁软美。鲎（hòu）酱：即鲎子酱，用鲎肉、鲎卵制成，其中以岱山所产鲎酱独珍。螺羹：用螺肉制成的羹。　[3]橄榄村：即干览村，今属舟山市定海区干览镇。桃花山：在今舟山市普陀区。传说秦时方士安期生隐居于此。蛏田：海边饲养蛏子的涂田。

赏　析

诗人作组诗十六首，此其二。诗以质朴的语言描写了渔村丰富多样的海产品和百姓悠闲自得的生活状态。诗前二句胪列了面条鱼、墨鱼、鲎酱、螺羹，仿佛一幅海错图。"细""鲜"二字，既写出面条鱼、墨鱼纤细、新鲜，也能使读者感受这两种海鲜细嫩、鲜美的味觉特征，具有"通感"的效果。清代诗人邵葆祺即评价云："光怪陆离，如食海错，读过不觉指动。"诗后二句写百姓走村串乡贩卖虾米、培水田插种蛏苗的场景，这本为极其辛劳的谋生手段，诗人却将视点置于"橄榄村""桃花山"这样如诗如画的地名中，这固然是出于文学创作的审美需要，但也反映了渔村人民辛勤劳动、自给自足的惬意。

据诗人稿本，此组诗题下有自注云："余居都下八年，故乡风景未尝忘怀，因作此以寄兴。"故包括本诗在内的这十余首作品也寄寓着他的思乡之情。

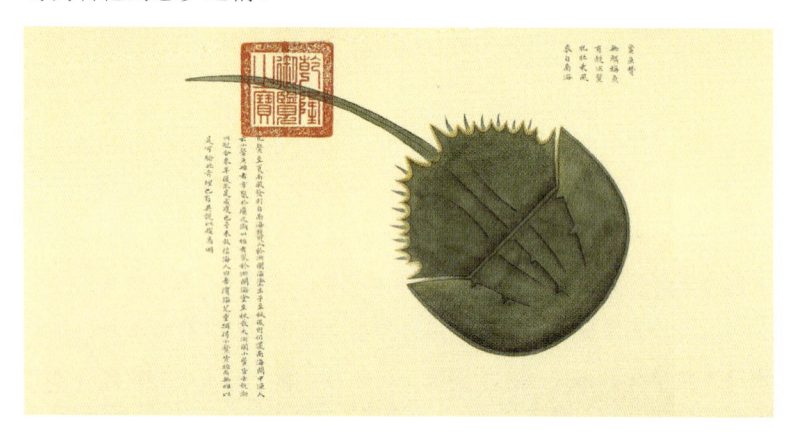

清　聂璜　海错图·鲎

登黄杨尖作歌（节选）[1]

舟山如舟浮大海，万古形胜兼梯航。[2]
罗列诸峰控蛮岛，前桩后柁遥相望。[3]
黄杨一尖刺天起，屹然中立如帆樯。
百里以外露突兀，近山转觉山隐藏。
循麓疑当峭崖止，及腰仰见孤峰撑。[4]
议行议止忽犹豫，屡上屡踬弥张皇。[5]
山风倒拉衣裤走，石角怒触肝胆张。
奋身直跨大鹏背，云程风翩同翱翔。[6]
不惊影落万丈涧，却恐头触诸天阊。[7]
星辰悬睫布森密，河汉压肩垂混茫。
下视千山万山顶，尽贴平地无低昂。
川原内缩村落逬，但见海阔天荒荒。[8]

（《借树山房诗草》卷一三）

注　释

[1]黄杨尖：位于舟山本岛西北部，海拔503米，是舟山本岛第一高峰，因多产黄杨，故名。传说葛仙翁曾采药炼丹于此。　[2]舟山如舟：

舟山之名源于县治南面海边的小山。据元大德《昌国州图志》载："有山翼如，枕海之湄，以舟之所聚，故名舟山。"　　[3]蛮岛：舟山原为外越一部分，被人称为岛夷、蛮夷。前桧后柁：舟山本岛前（南）有盘峙，后（北）有岱山、秀山，诸岛遥相对望。一说舟山本岛从西到东，形如一舟。"前桧"谓前有定海，"后柁"谓后有普陀。　　[4]麓：指山脚。腰：指山腰。　　[5]踬：跌倒。弥：更加。张皇：慌张。　　[6]风翮（hé）：在风中展翅飞翔。　　[7]天阍：天门。　　[8]川原：河流与原野。

赏　析

黄杨尖既是舟山本岛第一高峰，也是舟山人文荟萃之处。陈庆槐这首长篇歌行称得上是歌咏黄杨尖的代表作。全篇共五十二句，本书节选前半部分，主要描写黄杨尖的自然风光和诗人的登山感受，始终围绕一个"登"字展开。

前八句先写"登"之前，用大写意法，重点突出黄杨尖刺天而起、高不可攀的不凡气势，为登山作铺垫。中间八句从细处着手，描写循山脚而上、及至山腰、最终登顶的整个过程，其中对攀登过程中心理变化的刻画尤为精彩。最后八句运用夸张、比喻等手法写登顶所见所感，仰天似乎"手可摘星辰"，俯瞰正是"一览众山小"。黄杨尖"舟山本岛第一高峰"的形象跃然纸上。

本诗后半部分，由景及事，由"忽忆前明嘉靖岁"转入对海疆安全问题的忧虑与思考，亦可见诗人心怀天下的担当。

曹伟皆

曹伟皆（1768？—1831），字莪屺，号澹斋，定海（今属浙江舟山）人。少志于学，博涉文史。与陈庆槐友善。蹭蹬科场三十年，屡试不售。清嘉庆九年（1804），援例授盩厔（今陕西周至）典史。后曾奉檄至新疆。有《三瓮老人诗》。

定海山谣（其七）

波平风静火光明，海焰齐来傍火行。[1]
若共冬瓜同煮食，清于坡老鳖裙羹。[2]

（《三瓮老人诗》）

注　释

[1] 海焰：诗人自注："海中小鱼，见火即来，故名海焰。"当即海蜓，为鳀鱼的幼苗，长半寸许，多群居，且生性趋光。又作海艳、海咸。
[2] 鳖裙羹：用鳖的裙边和冬瓜煨煮而成，是一道据说曾被苏东坡赞美的名菜。

赏　析

《定海山谣》组诗共十三首，此为其七。本诗赞美的是舟山民间名菜"海蜒煮冬瓜"。海蜒有群居和趋光特性，所以捕捞海蜒多在夜间进行。海蜒做菜方法较多，但最受海岛人喜爱的，当属海蜒冬瓜汤。冬瓜色白如青玉，海蜒透若清雪，所以海蜒冬瓜汤汤色清澈，味道极为鲜美。冬瓜利尿解暑，海蜒营养丰富，结合在一起，就成了海岛人民夏日餐桌的常客。此诗短短四句话，既写了海蜒的生活习性和渔民的捕捞技巧，又借用鳖裙羹名肴来烘托舟山海岛民间夏日佳肴。"谣"本具民歌和竹枝词风格，这首"定海山谣"体现出浓郁的海岛风情。

定海山谣（其十一）

黄杨尖上白云浓，谷雨茶芽细似松。[1]
村女踏歌莲步稳，负筐直到最高峰。[2]

（《三瓮老人诗》）

注 释

[1]"谷雨"句：黄杨尖盛产茶叶，谷雨时节所产芽茶品质尤佳。 [2]踏歌：唱歌时以脚踏地为节奏，这里指边行走边唱歌。莲步：指女子的脚步。

赏 析

此诗为组诗之十一，描写了舟山著名的黄杨尖芽茶的生长环

明　文徵明　惠山茶会图

境、采摘季节、茶芽形态、采摘场景。在视野上，既有山顶白云缭绕的宏观远景，也有茶芽细如松针的微观近景。在画面构成上，则动静俱备，将白云缭绕、村女踏歌、负筐登高等画面有机结合，灵动中透出娴静。时节多雨，山顶云雾缭绕，茶树在这样温润的环境中萌发，芽细如松，有时光流转之感。因此，接入村女踏歌负筐、直入白云深处之笔，而美丽勤劳的村女，又与清新沁人的芽茶相得益彰。全诗无奇崛语，无玄妙语，质朴平实，却出人意表，正如清茶入喉，令人尘念顿消。

陈福熙

陈福熙,生卒年不详,字尔诒,号艅仙,定海(今属浙江舟山)人,陈庆槐之子。清道光元年(1821)恩贡,官至直隶州州判。鸦片战争时,其定海家中遭难,后迁居宁波月湖之畔,设帐授徒以终。所作诗文,能善守家学,风格雍容清丽。有《借树山房诗钞附刻》。

赠朝鲜国崔斗灿金以振两秀才即以志别

最多情是碧翁翁,吹送诗人到越东。[1]
海客乘楂游自壮,江郎有笔话堪通。[2]
果然吟社添今雨,难得藩疆尚古风。[3]
万里相逢才几日,如何行色又匆匆。

(《借树山房诗钞附刻》卷一)

注 释

[1] 碧翁翁:意为天公。 [2] 楂:同"槎",木筏。"江郎"句:诗人自注:"言语不通,以笔作话。"江郎,即南朝才子江淹,相传怀有五色笔,遂以文采出众著称。这里代指崔斗灿等。 [3]"果然"句:诗

人自注:"时余适与同人联二雨吟社。"吟社,诗社。今雨,指新结交的朋友,语出杜甫《秋述》。藩疆:这里指朝鲜。

赏　析

　　舟山地处海上交通要道,自古便不乏海上救援的佳话。此诗背后,即有着一则舟山人与漂流民之间动人且不平凡的故事。清嘉庆二十三年(1818),朝鲜人崔斗灿一行在济州岛一带遭遇风浪,在海上漂流半月有余,终于在定海县境获救登陆。崔、金二人热爱中华文化,在定海期间,与知县沈泰及当地士人多有诗文往来。在得知崔斗灿一行即将离开定海,陈福熙与友人周勋联袂过访,并写下此诗志别。诗多用熟典,首联只言崔斗灿一行至舟山,是"天风吹送",可谓奇想。颔联称此次漂流为"壮游",自然亦有宽慰之意。"江郎"句谓崔、金二人虽与舟山文士"言语不通",但由于自幼学习中华典籍,故能通过"以笔作话"的形式相互交流。颈联既叙难得的跨国友情,又揄扬朝鲜文教尚古,可谓得体。尾联道尽不舍之意。

　　崔斗灿于次日回赠陈福熙一首,其中有"交道常嫌言语浅,寸心遂把纸毫通"一联,惺惺相惜之情跃然纸上。正是以文字作为媒介,两国士人互为推重,彼此心契,超越了地域的界限。崔斗灿对这段"舟山生活"十分难忘,将详细的经历记录在了《江海乘槎录》一书中,更为两国文化交流史留下了珍贵的资料。

厉 志

厉志（1783—1843），原名允怀，字心甫，号白华山人，定海（今属浙江舟山）人。幼年失怙，刻苦读书，补为县学生员。以短视不能作小楷，困于科场，后寓居宁波。工诗，与镇海姚燮、宁海傅濂齐名，并称"浙东三海"。书精行草，画工兰竹。有《白华山人诗集》《白华山人诗说》。

经芦花吊孙忠襄公葬处 [1]

爝火星星势易昏，苦将蹇运属刘琨。[2]
刀光血雨前朝泪，夜月芦花故墓门。[3]
五世相韩终此日，一军悬岛送残魂。[4]
伤心独有荒丘在，岁岁春风碧草痕。

（《白华山人诗集》卷一）

注 释

[1] 芦花：地名，今属舟山市普陀区。孙忠襄公：即孙嘉绩（1604—1646），字辅之，号硕肤，余姚（今属浙江宁波）人。明崇祯十年（1637）进士。清兵南下，孙嘉绩随鲁王至舟山，因忧劳过度而卒，谥

忠襄。初葬于芦花岙，后迁至余姚故里。　[2]爝火：微弱的炬火，这里指流亡海上、坚持抗清的鲁王政权。全祖望《孙公神道碑铭》："虽然爝火，残喘所延。"刘琨：西晋名将。史载，其早年与祖逖为友，志意雄豪，有"闻鸡起舞"的佳话。后授大将军、都督并州诸军事，不幸一战覆没，不得已寄人篱下，以致常常发言慷慨，悲其道穷。[3]夜月芦花：语出全祖望《孙公神道碑铭》"芦花寒月，夜色漫漫"。[4]五世相韩：史载，汉初著名的谋士张良，其祖父张开地、父亲张平于战国时期曾先后辅佐韩国的五代君王。这里指孙嘉绩出身世家，自五世祖孙燧以下，皆仕宦显赫。全祖望《孙公神道碑铭》："张公国维指公言曰：'此真五世相韩之子弟也。'"

赏　析

　　这是一首怀古诗，诗人借多重自然意象与历史典故，烘托人世悲凉的氛围，抒发家国兴亡之慨叹。首联以爝火之微、刘琨之塞奠定全诗凄楚悲叹之调，点明诗人复杂的情绪。颔联追忆前朝历史风云，又从"前朝泪"拉回到眼前的"故墓门"，营造出一种时空的纵深感。颈联先借用"五世相韩"的典故，点出孙嘉绩出身官宦忠义之家，后用"一军悬岛"颂扬南明将士英勇杀敌的决心。"终""残"二字，再次皴染悲壮色彩，也表达了诗人对王朝命运无法逆转的感慨。尾联借景抒情，只能空对着荒丘嶙嶙伤心哀叹，能够始终见证历史变迁的只有这些生生不息的野草。厉志的咏史诗多顿挫之声，清人王焘以为"原本东野（孟郊），于四明诗派绝类呆堂（李邺嗣）"，诚知诗之论。

魏　源

魏源（1794—1857），字默深，又字墨生，号良图，邵阳（今属湖南）人。清道光二十五年（1845）进士，官至高邮知州。治学以经世致用为旨，鸦片战争后，作《海国图志》，倡"师夷长技以制夷"说。工诗，擅写山水，而能融情志于景语，所作雄浑遒劲。有《古微堂诗文集》《圣武记》《元史新编》等。

自定海归扬州舟中（其一）

到此便筹归，应知与愿违。[1]

狼烟横岛峤，鬼火接旌旗。[2]

猾虏云翻覆，骄兵气指挥。[3]

战和谁定算，回首钓鱼矶。[4]

(《古微堂诗集》卷八）

注　释

[1]筹：策划，打算。　[2]鬼火：指英军舰的炮火。　[3]猾虏：狡猾的敌人。　[4]钓鱼矶：垂钓时坐的岩石。意指归隐。

赏　析

清道光二十年（1840），鸦片战争爆发。七月，第一次定海之战以英国远征军攻陷定海告终。次年，魏源受钦差大臣裕谦之请，至定海，协助筹划浙东海防。魏源认为定海城孤悬海中，易攻难守，且在此前的保卫战中已遭破坏，如英军再犯，没有必要固守，应以在宁波一带集中兵力，构筑岸地防御阵地为主。然而这些建议并未被裕谦采纳。魏源在军中无所作为，遂于英军进攻定海前，辞归扬州。途中作组诗四首，此为其一。

全诗从开篇"到此便筹归"到结尾"回首钓鱼矶"，一种深深的无奈贯穿始终。显然，魏源对自己所提众多建议不被采纳，颇感沮丧。他意识到清军的统帅们似乎仍然沉浸在"天朝上国"的迷梦中，既不知己，也不知彼。道光二十一年九月，英军再犯定海，定海不出意外地再次沦陷。

然而定海保卫战也是一次震动人心的号角。此战驻守定海的葛云飞、郑国鸿、王锡朋三总兵率军浴血奋战六昼夜，用自己的生命诠释了民族的气节与韧性。魏源也因为这段军中经历，促使他学习西方技术，对海防问题进行深入思考，终成《海国图志》一书。

刘梦兰

　　刘梦兰，生卒年不详，字少畹，岱山（今属浙江舟山）人。弱冠时，补为县学生员，乡试屡荐不中，充道光元年（1821）恩贡。工制举文，尤善于诗词，所作诗文，皆能独出机杼，传诵一时。家贫，以教书育人为业，门下弟子如云。有《蓬莱十景》诗。

蓬莱十景 衢港渔灯[1]

无数渔船一港收，灯光点点漾中流。

九天星斗三更落，照遍珊瑚海上州。

（《四明清诗略》卷二一）

注　释

[1] 衢港：当地人称岱山与衢山之间的海域为"衢港"，港宽水深，盛产鱼类，渔汛期为大黄鱼渔场中心。其时，大小渔船于此夜以继日，抛碇张网。登高远眺，日则帆樯相接，鱼波网影，夜则渔火点点，荡漾闪烁，别有韵味。

赏　析

　　岱衢洋盛产大黄鱼、鳓鱼、鲳鱼、带鱼等，民间有"前门一港金，后门一港银"之说。清康熙《定海县志》卷三载："春夏汛，各船俱集于此，不下数千计。"刘梦兰此诗即形象地呈现了当年岱衢洋渔场的鼎盛和辉煌。诗前两句写渔汛期间，岱衢洋沸腾喧闹的夜景："笃笃"的竹梆声，追随着"咕咕"叫的鱼群，渔船千帆竞发，驰骋洋面，无数渔灯装点着不夜的海天。后两句却是奇丽的想象：那璀璨的渔灯，就如同九天上的星斗洒落，照亮了碧波万顷的大海，而那如珊瑚般美丽的岛礁，是否也是落星所化呢？全诗浅白如话，而自具宏阔气象。

宋　刘松年　海珍图（局部）

张际亮

张际亮（1799—1843），字亨甫，号松寥山人，建宁（今属福建三明）人。清道光十七年（1837）举人，会试落榜，遂绝意功名，遍游名山大川。鸦片战争时在浙江，亲遭乱离，备受艰辛。其人天才奇逸，颇负盛名，与魏源、龚自珍、汤鹏并称"道光四子"。诗多感时记事之作，格调沉雄悲壮，诗风朴实自然。有《思伯子堂诗集》。

传闻（其二）

轻敌徒矜战斗才，孤城仓卒亦堪哀。[1]

翁山士马伤亡尽，支海夷獠笑舞来。[2]

地险将军仍卧甲，天高使相但衔杯。[3]

可怜碧血沉渊后，重见朱颜去不回。[4]

（《思伯子堂诗集》卷二九）

注　释

[1] 矜：骄傲自负。孤城：因定海城孤悬于东海之中，故称。　[2] 士马：代指驻防定海的清军。支海：即条支海，在今波斯湾附近。据《后汉

书》载:"甘英使大秦,抵条支,临大海欲渡。"这里泛指西方。夷獠:这里指英国侵略者。笑舞:形容猖狂的样子。 [3]"地险"句:谓身处定海孤城的清军将士依旧枕戈待敌。卧甲,不解甲而卧,有枕戈待敌之意。"天高"句:时两江总督伊里布任钦差大臣,主持浙江军务。但伊里布推行投降政策,在镇海设宴招待英军官,并与英方私定划界停战协定。使相,指钦差大臣伊里布。衔杯,设宴饮酒。 [4]碧血:相传春秋时忠臣苌弘舍冤而死,其血三年而化为碧。后指忠臣烈士所流之血。这里指投水殉国的定海县令姚怀祥。沉渊:投水自尽。"重见"句:谓英军在定海奸淫掳掠妇女。朱颜,代指女子。

赏 析

清道光二十年(1840),鸦片战争爆发。七月,第一次定海之战以英国远征军攻陷定海,定海总兵张朝发、知县姚怀祥先后殉职告终。次年年初,诗人于福建家中,根据传闻消息写成组诗四首,题名《传闻》,此为其二。

诗首联谓当时定海总兵张朝发骄矜轻敌,仓促应战,以致定海陷落。中间两联运用对比手法,颔联描写清军的惨重伤亡以及敌军的猖狂气焰;颈联刻画身处险地、依旧艰苦备战的守城将士以及无耻通敌的卖国官僚。尾联歌颂了死难的定海县令姚怀祥,并截取英军蹂躏劫掠妇女的一面,揭露定海人民所遭受的苦难。诗人将对清军统帅轻敌误国的谴责、对使相大人卑躬屈膝投降行径的激愤、对英军侵略者的蔑视仇恨、对伤亡将士的敬重惋惜、对饱受侮辱的人民的同情,交织在一起,语言刚健,诗境凝练,感情真挚，形成悲慨、雄浑、劲直的鲜明艺术风格。

但需要指出的是，因为诗歌是据传闻写成，故而将伊里布为推卸定海沦陷责任，污蔑张朝发"愎谏撤守，丧师失城"的不实之处当作了事实。实际是张朝发在战前积极备战，战时身先士卒，中炮牺牲前还在勉励部下勠力杀敌，语不及私，舍生忘死，是鸦片战争中第一个为国捐躯的清军将领。咸丰帝即位后，张朝发的冤情才得以昭雪。

清　佚名　靖海全图（局部）

朱绪曾

朱绪曾(1805—1860),字述之,号爕亭,一号北山,上元(今属江苏南京)人。清道光二年(1822)举人,官至台州知府。藏书十数万卷,又以研经博物闻名,于《尔雅》用力尤深。有《北山集》《开有益斋读书志》等。道光二十六年,曾至定海办理英军撤离善后事宜,其间博采舟山古今方志,钩稽考证,纠谬补缺,撰成《昌国典咏》。

带 鱼

万尾交衔载满艘,相连不断欲挥刀。[1]

问谁留得腰围玉,龙伯当年暂解袍。[2]

(《昌国典咏》卷六)

注 释

[1]万尾交衔:带鱼有相互咬斗的习惯。渔民钓带鱼时,经常会碰到一条带鱼尾巴上还咬着一条带鱼,一起被钓上来的奇景。　[2]"龙伯"句:将带鱼比作龙伯束腰的玉带。龙伯,传说中龙伯国的巨人。

赏 析

《带鱼》这类咏物诗，统称为海错诗。海错诗主要是清末时期流行于舟山、宁海等浙东沿海地区，由当地文人创作的一种"打油诗"，其格调和情趣模仿竹枝词，但境界和格局要比竹枝词稍逊。海错诗的写作，一般抓住鱼、贝、虾、蟹等海洋生物的生物特征，再加上一些民间传说故事杂糅而成。审美上追求一种亦庄亦谐的风格，既有海洋生活气息，又有一种文人气息。本诗题咏带鱼，便牢牢抓住了带鱼相互咬斗的生物习性，以及修长似腰带的形貌特征，并掺入龙伯的传说故事，写得生动有趣，极具有地域文化特色。

清　聂璜　海错图·带鱼

姚 燮

姚燮（1805—1864），字梅伯，号复庄，别署大梅山民，镇海（今属浙江宁波）人。清道光十四年（1834）举人，屡赴会试不第，遂以著述授徒终身。于学无所不窥，上至经史典籍，下至戏曲小说，旁及释、道，皆有涉猎。其诗气骨雄健，奇肆幽异，迥出时辈。词疏秀婉丽，晚年所作，转为清苍老健。有《复庄诗问》《疏影楼词》《复庄骈俪文榷》等。

澄灵涧[1]

玉局三生梦，人间石铫泉。[2]

炼心初夜月，洗耳再来禅。[3]

大海无真岸，空山有逝川。[4]

远公余旧屐，谁结听琴缘。[5]

（《复庄诗问》卷三）

注 释

[1]澄灵涧：普陀山胜景之一，在圆应峰下，绕舍利塔北流。　[2]玉局：即苏轼，因曾任四川玉局观提举祠官，故名。这里是诗人自指。

三生梦：相传苏轼母亲曾梦一僧来托宿，后生苏轼。苏轼亦自云八九岁时曾梦其身为僧，往来陕右。又，苏辙与云庵禅师、聪禅师曾同梦出城迎戒禅师，醒后苏轼到访。三生，佛家谓前生、今生、来生。石铫(diào)泉：澄灵涧的一眼泉水。　　[3]炼心：修炼心神。洗耳：相传尧欲传天下于许由，许由听后赶忙用水洗耳，以示不能容受尘俗。[4]"大海"句：这里化用佛家"苦海无边，回头是岸"之语，谓世界虚幻。逝川：语出《论语·子罕》："子在川上曰：'逝者如斯夫，不舍昼夜。'"这里指澄灵涧。　　[5]远公：即东晋高僧慧远，居庐山东林寺。谢灵运、陶潜俱与之来往。这里指与诗人相识的普陀山僧。听琴缘：涧水声如琴声，故这里化用钟子期、俞伯牙听琴结知音的典故，谓诗人与僧结听琴之缘。

赏　析

姚燮创作的普陀山诗凡三十余首，这是其中之一。本诗起句借苏轼之典把自己描述为一个与佛家三生有缘的高人，接着点出澄灵涧中流动不息的石铫泉，表明自己所处的自然环境。颔联写在夜晚圣洁的月光下修炼心神，在清净的涧泉边洗涤耳尘，恰如高僧般一再坐禅。颈联进一步拓开境界，以无边无际的大海和昼夜不息的涧水参悟佛教万有皆空的教旨。尾联呼应首联，表现自己对超然的生活理想的向往和追求。全诗语言凝练自然，寓哲理于形象之中，不发议论而佛理自现，迹近圆融空灵之境界，称得上是清代山水诗的杰作。

贺新凉 月夜渡莲花洋[1]

恁唱公无渡。[2]驶危帆、苍茫东折,截开腥雾。[3]十六门回天忽转,皛皛蕊渊月吐。[4]看峰影、金翔翠翥。[5]云气西南垂似线,敢乡关、此夕还风雨。箫响遏,睡龙舞。　　浩然散发船唇卧。[6]玉河低、星如银烂,石牛上溯。[7]轻到浮身蓬叶寄,尘梦那堪回咀。问梅福、梁鸿何处。[8]且佩绿符骑鲸鳄,溯兰涛、北抵阆洲去。[9]莲万柄,拂仙露。

(《疏影楼词·剪灯夜语》)

注　释

[1]莲花洋:位于舟山本岛与普陀山之间,为登普陀山的必经航路。
[2]公无渡:乐府歌辞中有《公无渡河》一曲。　[3]腥雾:咸腥的海雾。　[4]十六门:在今舟山本岛南部海域,因岛礁众多,其间形成纵横交错的水道,故称。皛(xiǎo)皛:洁白明亮的样子。蕊渊:传说月宫中的地名。　[5]金翔翠翥:形容连绵起伏的青山在月光下的样子。翥,飞舞。　[6]船唇:船的边缘。　[7]玉河:即银河。石牛:这里指石牛港,在莲花洋西,为水道要冲。溯:逆流而上。　[8]梅福、梁鸿:皆汉代隐士。　[9]骑鲸鳄:喻指隐遁或游仙。兰涛:海浪的美称。阆洲:即阆苑,传说为仙人所居。

赏 析

姚燮之词,早年主"骚雅微婉",远法姜夔、吴文英,近接厉鹗,所作婉约清丽,情思缠绵,但亦间有雄浑苍劲之笔,此词为其一。全词以时间顺序,依次叙写由镇海发舟东行,过十六门,下石牛港,直渡莲花洋的情景。词上片先极言舟渡海行之险,首引《公无渡河》之古曲,又言一叶危舟,在苍茫大海、咸腥雾气中随波东折。"十六门"句以下,则言浪急天高后的波平风静。此时明月初升,山岛蒙辉,词人回望西南,却见云气迷茫,料想故乡此刻正风雨连绵,并发以箫声惊动海中睡龙的想象。下片承接上片结尾,亦多以传说、想象,渲染夜渡大海的氛围。词人为自己塑造散发卧船的形象,抒发浩然之情,并言顿忘尘事,欲学李白骑鲸登仙,访求梁鸿、梅福隐居所在。纵观全词,辞藻华美,用典精巧,但词境不失豪宕,情韵双饶,允称作手。

贝青乔

贝青乔（1810—1863），字子木，号无咎，别署木居士，吴县（今属江苏苏州）人。家境清苦，鸦片战争爆发后主动投军，入奕经幕府，参加浙东抗英斗争。后游历西南，一生郁郁不得志。其于军中所作诗篇，用语平易近人，而又皆由血泪凝成，极具力量。有《半行庵诗存稿》。

军中杂诔诗（其十七）[1]

宁、镇、定陷，县丞李向阳、典史全福皆能殉难。上海城破，亦惟典史杨庆恩投黄浦死。[2]

唱彻临江节士歌，歌声流愤满关河。[3]
如何为国捐躯者，只是聋丞醉尉多。[4]

（《半行庵诗存稿》卷二）

注 释

[1]诔：古代哀祭文体的一种，这里是以诗代诔。　[2]宁、镇、定陷：道光二十一年（1841）十一月，英军攻陷宁波、镇海、定海。镇海县丞李向阳自缢殉国，定海典史全福大骂侵略军，不屈被杀。上海城

破：道光二十二年（1842）六月，英军侵占上海县城，清军弃上海，上海典史杨庆恩投黄浦江而死。　　[3]临江节士歌：乐府古题有《临江王节士歌》，以表现节义之士忠愤激烈情怀为主旨。　　[4]聋丞：史载，西汉时，颍川有个姓许的县丞，老而且聋，但却是有名的廉吏。醉尉：史载，西汉名将李广遭贬时，因为违禁夜行，遭醉酒的灞陵县尉呵止。

赏　析

　　《军中杂诔诗》约作于道光二十二年（1842），是哀悼鸦片战争中死难的爱国将士的组诗，共十八首，此为其十七。正如小序所述，此诗是赞颂镇海县县丞李向阳、定海县典史全福、上海县典史杨庆恩为国殉难之作。诗以慷慨高亢的格调开篇，大江南北唱彻表彰节义之士的歌声，用流水滔滔不绝暗示对侵略者绵绵无尽的满腔悲愤。后二句以聋丞、醉尉代指李向阳、全福等下级小史。一针见血地诘问：为什么为国捐躯的，只是一些底层官吏呢？实际上是将批判的锋芒直指以奕经为代表的贪生怕死的高官显贵们，语含讽刺，笔锋犀利。通过战争面前，两类官吏不同态度的对比，更显出为国捐躯者的高贵品质，进一步深化了主题。

张景祁

张景祁(1828—?),原名左钺,字孝威,一字蘩甫,号新蘅主人,钱塘(今属杭州)人。清同治十三年(1874)进士,晚岁由福建渡台湾,宦游淡水、基隆等地。精于词律,负一时重名。游台时,正值甲申中法战争,作词纪事,堪称"词史"。有《新蘅词》等。

酹江月 葛壮节公宝刀歌[1]

公讳云飞,官总戎。道光辛丑,御英夷于舟山,死之。建祠甬东,并藏所遗宝刀二,其一曰成忠,乃殉节时手握不释者。[2]

连环龙雀,甚斑花剥紫,英铓如旧。[3] 要与乾坤平浩劫,青海磨铜时候。[4] 光弸靴中,霓云席上,血洒屠鲸手。[5] 楼兰未斩,白虹惊看躔斗。[6]

当日刑马鏖军,蛟门月黑,横槊空支守。[7] 想见戎衣斜压处,肝胆一身能剖。[8] 碧葬遗冠,金寒佩玦,两字成忠寿。[9] 风生霜鞘,壁间犹作腾吼。

(《新蘅词》卷一)

注　释

[1]葛壮节公：即葛云飞（1789—1841），字鹏起，山阴县天乐乡（今属杭州市萧山区）人。清道光三年（1823）武进士，官至定海总兵。道光二十一年，英军再犯定海，葛云飞率军奋战六昼夜，壮烈殉国，谥壮节。宝刀歌：为葛云飞所作名篇。歌诗云："快逾风，亮夺雪。恨斩佞臣头，渴饮仇人血。有时上马杀贼贼胆裂，灭此朝食气烈烈。吁嗟乎！男儿是处一片心肠热。"　　[2]道光辛丑：即道光二十一年。　　[3]连环龙雀：古刀名，相传为十六国时期夏武烈帝赫连勃勃所铸，刀有大环，缠以龙纹，刀首饰有雀纹。后泛指刀。斑花剥紫：形容斑驳的刀锈。英铓：锐利的锋芒。　　[4]青海磨铜：语出苏轼《登州海市》"但见碧海磨青铜"。指海面平静，这里引申为海疆太平无事。　　[5]光弼靴中：史载，唐代名将李光弼于河阳之战前，将短刀插入靴中，并言战斗失利，即用刀自刎，以此激励三军。后以此指战死沙场的决心。霁云席上：史载，唐代安史之乱，睢阳被围，守将南霁云向河南节度使贺兰进明求救，贺兰不肯发兵，南霁云于席上愤然以刀断指。睢阳城破，南霁云不降而死。后以此谓浩然正气。屠鲸：杀敌。鲸，形容凶恶的敌人。　　[6]楼兰未斩：史载，楼兰是西汉时期西域小国，曾多次叛汉。汉昭帝命傅介子出使西域，斩杀楼兰王，平定楼兰。后以"斩楼兰"指建功立业。"白虹"句：古人认为烈士牺牲会出现"白虹贯斗"的天象。这里指葛云飞壮烈牺牲。躔（chán）斗，即斗躔，指北斗星。　　[7]刑马：古代结盟或发兵时，多杀马歃血为誓，以表郑重。鏖军：激烈战斗。横槊：横持长戈，形容豪迈的气概。　　[8]戎衣：军服。"肝胆"句：犹言披肝沥胆，喻指极尽忠诚。[9]碧葬：收忠臣烈士之血以葬。碧，即碧血，相传春秋时忠臣苌弘含

冤而死,其血三年而化为碧,故云。佩玦:玉质佩饰。

赏　析

　　此词咏物言志,借歌颂抗英将领葛云飞之宝刀,寄托词人的伤世之情、报国之志。上片极力描摹宝刀的锋利、坚韧、奇异。首句言宝刀虽锈迹斑斑,但锋芒依旧。次言葛云飞持刀御寇、报国平乱之豪情。其下以李光弼、南霁云的事典,突出葛云飞不畏牺牲的正气,又言其壮志未酬而死,语意充满遗憾。下片对比今昔,写物是人非之感。葛云飞曾持宝刀浴血奋战,如今宝刀犹在,昔人已逝,只有刀上所铭"成忠"二字象征着将军恒然不变的报国之情。末句言,风吹壁上,宝刀犹作鸣响,似乎是葛云飞的不平之气。全词大量运用典故、对偶,但意脉连贯、层次井然,在苍凉悲壮中洋溢着爱国激情,故能哀而不伤,一反幽怨缠邈之调,一定程度上拓展了咏物词的情志内涵。

刘慈孚

刘慈孚(1842—1903),一名德崇,字午亭,号云闲子,镇海(今属浙江宁波)人。少时失学,后始发愤涉猎书史,喜吟诗。工书画,书学姚燮,画学任熊,擅作人物、山水,竹石尤妙。又留心乡邦文献,晚年汇编镇海耆旧诗文,并与虞琴合编《四明人鉴》。有《云闲诗草》。

沈家门[1]

海山叠叠衬红霞,茅屋村村绕白沙。
趁市船归潮有信,落帆风好水生花。[2]
荻芦烟软藏渔户,杨柳阴浓护酒家。
贾利及时夸富有,只因鱼米胜桑麻。[3]

(《四明清诗略·续稿》卷四)

注 释

[1]沈家门:位于舟山本岛东南部,今属舟山市普陀区。 [2]趁市:赶集。潮有信:潮汐涨落有一定的时刻,故称。 [3]贾利:得利,这里指渔获买卖。及时:逢时,这里指抓住汛期有利时机。

赏　析

　　康熙中叶，海禁结束，因舟山渔场资源丰富，在渔汛期间，大批沿海渔民涌入舟山。作为天然良港，沈家门成为渔民聚居、渔获买卖的中心，曾有"市肆骈列，海物错杂，贩客麇至"的记载。到了晚清，也就是此诗写作的年代，沈家门已是一个十分繁荣的渔港。光绪《定海厅志》即称，每年春汛，在沈家门停泊的渔船达两千艘之多。此诗围绕渔港之繁荣、渔业之兴盛、渔民之殷实而作，可谓渔港、渔业和渔民的赞歌。首联写沈家门海山相依、村舍俨然，仿佛"海上桃源"般的美好风光。颔联写渔船归港和海产加工、储存的场景。颈联写沈家门人家众多，酒店林立，"荻芦""杨柳"又有闹中取幽的雅致，"软""浓""藏""护"极见炼字之工。尾联则指出了渔家收益极富，超过当时务农所得，正是"地擅渔盐之利"了。近代以来，沈家门甚至有"小上海"的美誉，《申报》评论称其"不亚于上海之南市"。如今的沈家门，虽不复"茅屋村村绕白沙"的场景，却不变其繁盛，依然是舟山这座"海上渔都"的重要窗口。

释敬安

释敬安（1851—1912），字寄禅，号八指头陀，湘潭（今属湖南）人。少以孤贫出家，历主湖湘名刹，后受请任宁波天童寺方丈。辛亥革命后，被公推为中华佛教总会会长。诗宗唐人，所作清空灵妙，音旨湛远，尤以梅花诗著称。有《八指头陀诗文集》。

禅寂中忆游普陀[1]

到此弥知佛理深，普门日夜演潮音。[2]

莲为大士出尘相，海是空王度世心。[3]

今古沧桑从变幻，鱼龙多少任浮沉。

喜游华藏庄严刹，吐我平生浩荡襟。[4]

(《八指头陀诗续集》卷七)

注 释

[1]原题作："戊申六月，陪易实甫游普陀，各得诗十余首。实甫有'海是空王泪，云为织女槎''三代以前无贝叶，六经而外有芙蓉''龙来拜佛成童子，客到游山变女人'之句，颇自得意。而余作无杰出者。十月十四日，由郡城还山，于禅寂中因忆前游，忽得七律一首，不独

可与实甫抗衡，恐古人亦未道过。实翁见之，必首肯曰：'吃和尚胜我矣。'"易实甫，即易顺鼎，简介见后。禅寂，坐禅静虑。　[2]普门：佛教指广摄众生的圆融法门，后多以"普门大士"称观世音菩萨。潮音：佛教形容佛说法之声如海潮声般雄壮，后多喻指佛法。[3]空王：佛的尊称。　[4]华藏庄严：华藏，即莲华藏世界，是佛教传说中释迦牟尼佛的法身毗卢遮那佛所住之净土。后多以"华藏庄严"形容宏丽的寺院。

赏　析

　　光绪三十四年（1908）六月，敬安禅师同诗人易顺鼎共游普陀。离别之际，易顺鼎有《别普陀山作》一诗，云："天风吹我去，不忍别莲花。海是空王泪，云为织女槎。浮屠曾寄宿，亡子又离家。今夜山中梦，还应渡洛伽。"敬安禅师归天童寺后，一日坐禅时，忽忆前游，遂追怀作此。诗既为禅定所得，自然属于"悟道"之作。诗中多用譬喻，首以海潮之音喻应机说法之妙，次以莲花喻大士离诸烦恼的无垢宝相，以大海喻佛度世济人的深广慈心，相较易顺鼎"海是空王泪，云为织女槎"之句，更具佛理。其下由"度世心"展开，写沧桑变幻、世事浮沉，结以登临胜地，一抒胸怀的壮语，篇终接混茫，正是八指头陀自称的"我虽学佛未忘世"。全诗辞采、义理、情思具足。清末学者狄葆贤有言："余尝闻人诵易哭庵游普陀诗，叹为蕴含万有，超妙极矣，然犹以名士谈禅，未空色相，不无少憾。及读寄禅上人普陀诗，则叹其聿浚道源，得未曾有，不仅禅门本色，不染一尘也。"

易顺鼎

　　易顺鼎（1858—1920），字仲硕，一字实甫，号哭庵，龙阳（今湖南汉寿）人。清光绪元年（1875）举人。《马关条约》签订后，上书请罢和议，两至台湾，协助刘永福抗战。后于广西、云南、广东等地任道台，张之洞聘主两湖书院讲席。好游历，足迹遍及十数省。其诗近体讲究属对工巧，用意新颖，古体则恣肆雄伟，为近代名家，与樊增祥并称"樊易"。有《琴志楼诗集》等。

后　寺[1]

震旦名山第一峰，云霞深入几多重。[2]
天花能作千岩雨，海水如闻万壑松。[3]
三代以前无贝叶，六经而外有芙蓉。[4]
僧楼却似还元阁，更坐蒲团听晚钟。[5]

（《琴志楼诗集》卷一四）

注　释

[1]后寺：即法雨寺，相对于前寺普济寺而言。寺在普陀山光熙峰下。明万历八年（1580），大智真融禅师创建，初名海潮庵。万历二十二年，

扩建为寺，后称护国镇海禅寺。清康熙三十八年（1699），御赐"天花法雨"额，改今名。　　[2]震旦：梵语音译，指中国。　　[3]"天花"句：指天界仙花，飘落如雨。语出《法华经》："佛说是诸菩萨摩诃萨得大法利时，于虚空中，雨曼陀罗华。"因法雨寺圆通殿中有康熙御书"天花法雨"，故有此想象。万壑：形容山谷之多。　　[4]"三代"句：佛教于西汉末年方传入中国，故称。三代，即夏、商、周，指远古。贝叶，古印度人写佛经于树叶上，代指佛经。"六经"句：谓儒家六经外，尚有佛典。六经，即《诗》《书》《礼》《乐》《易》《春秋》。芙蓉，即莲花，这里指佛教的《妙法莲华经》。　　[5]还元阁：诗人自注："在苏州玄墓山。"光绪十二年（1886）冬，易顺鼎曾游寓其地。

赏　析

清光绪三十四年（1908）六月，易顺鼎客游浙东，访敬安禅师于天童寺，后与之同游普陀，其间得诗，辑为《甬东集》一卷。此诗即其中之一。

法雨寺面临大海，背依危峰，为普陀山钟灵毓秀之区。"震旦"句单刀直入，点明山寺之显赫。"云霞"句则言寺处山麓，深藏于云霞林木间，衬出景致之幽。颔联由寺中匾额，生发出天花如雨，飞落千岩的想象，又将澎湃的海潮，喻为松风合鸣之声，一具妙思，一得清气，确为佳对。颈联更为奇隽，"贝叶""芙蓉"语涉双关。尾联则忆及玄墓圣恩寺之游，当年易顺鼎寓居其地，作绝句二十余首，可见钟爱。此处是说法雨寺一如圣恩寺之可人，正宜蒲团小坐，瞑目闻钟，有如当年僧楼听雪，"万山如墨一灯红"

的清寂。易顺鼎之诗，对仗工巧，使事浑成，不忌熟典，不避常语，但一经其推敲锻炼，便别具新意，在当时诗坛，几无抗手。通过此诗，已足以窥其诗力之一斑。

宋　夏圭（传）　层崖隐寺图

萧　湘

萧湘，生卒年不详，字怡云，奉化（今属浙江宁波）人。文学渊雅，擅书法，其陶冶百家，自成一格，宕逸奇古。曾寓居岱山，晚年鬻字沪上。

岱山竹枝词（其五）

海隅日出照茅檐，板板频将海水添。[1]

晒得仓廒白如雪，休嫌妾貌似无盐。[2]

（民国《岱山镇志》卷二〇）

注　释

[1]海隅：海边。"板板"句：板晒法是制盐的一种方法，用工具将海水舀到盐板里，通过日晒而成，故云。　[2]仓廒：仓库，这里指盐仓。无盐：战国时齐宣王后钟离春，为人有德而貌丑。因其是无盐人，故名。后常作丑女的代称。

赏　析

诗人作《岱山竹枝词》九首，此为其五。诗后自注"岱地多晒盐为业",故这首竹枝词以晒盐为主题展开。全诗语言浅近,意境鲜明如画,很有妙趣。一是妙在模仿女子的口吻而作。诗的前两句写清晨红日喷薄而出,盐民的妻子就忙着在茅屋前的盐板上频频添加海水。诗的后两句是女子对她的丈夫打趣说:我每天在烈日下忙着晒盐,我把盐晒得晶莹雪白堆满了仓库,你可不能嫌弃我把自己晒得像无盐一样又黑又丑啊!其二就妙在借助谐声,"晒得仓廒白如雪,休嫌妾貌似无盐",把"白盐"和"无盐"这原本不相关的事连在一起作比照。三是妙在诗人截取了一对盐民夫妻劳动生活中的小插曲,展现了岱山盐民勤劳、乐观的生活风貌,尤其是那位妻子聪慧能干、风趣可爱的形象,令人难忘。

陈文份

陈文份,生卒年不详,字伯谦,湖南人。清光绪三十二年(1906),任岑港分司巡检,驻岱山数年。

横街鱼市[1]

楝子花开四月初,海滨争赁一廛居。[2]

丁沽巷口刚回鹢,亥市街头唤卖鱼。[3]

逐臭夫多成鲍肆,拔胶人去聚蜗庐。[4]

盘飧漫道无兼味,弹铗归来食有余。[5]

(民国《岱山镇志》卷二〇)

注　释

[1]横街:在今岱山东沙。　[2]廛(chán):民居,市宅。　[3]丁沽巷:一作"丁沽港",即今天津港。岱衢洋渔汛时,北方渔船亦南下捕捞,称"北帮船",故及此。鹢:装饰有鹢首的船,这里泛指船。亥市:夜市。　[4]逐臭夫:语出《吕氏春秋》,这里代指渔民。鲍肆:卖腌鱼的店铺。拔胶:提取鱼胶。蜗庐:狭小的房子。　[5]"盘飧"句:化用杜甫《客至》中"盘飧市远无兼味"句。盘飧,盘中的食物。

兼味，丰富的菜肴。"弹铗"句：史载，战国时，孟尝君门客冯谖不满其生活待遇，曾倚柱弹其剑，歌曰："长铗归来乎，食无鱼。"这里化用典故，喻指生活困苦。铗，指剑。

赏　析

　　清末民初，岱山东沙角因岱衢洋盛产大黄鱼而成市。此诗生动描述了春汛时节，东沙古镇人声鼎沸、热闹非凡的场景，具有浓郁的海洋特色。诗首联即言春夏之交，沿海各省渔民麇集东沙，导致一屋难求的盛况。次联则抓住了渔船半夜拢洋，鱼市即刻开张的片段。三联承以上二联，极写鱼市兴旺、居民蕃滋。末联尤有趣味，其反用"弹铗无鱼"之典，言渔民生活虽苦，且盘无兼味，但"食有鱼"且"有余"，亦可谓自得其乐了。全诗语言质朴且多生活气息，又能在生活化的描述中，驱遣典故而不露痕迹，且多见别出心裁的妙对，如以"丁沽"对"亥市"、"鲍肆"对"蜗庐"，皆工稳妥帖，大俗大雅之间，既见市井趣味，又得海洋风情，更有文化意蕴。

参考文献

B

《八指头陀诗续集》，民国八年北京法源寺刻本
《白华山人诗集》，清道光刻本
《半行庵诗存稿》，清同治五年刻本
宝庆《四明志》，清咸丰宋元四明六志本
《补陀洛伽山志》，明万历十七年刻本
《补陀洛迦山传》，大正新修大藏经排印本

C

《昌国典咏》，民国四明丛书本
《巢林集》，清乾隆九年汪氏刻本
《陈子龙诗集》，上海古籍出版社2006年版
《重刊荆川先生文集》，四部丛刊初编本
《重修普陀山志》，明万历三十五年刊本

D

大德《昌国州图志》，清咸丰宋元四明六志本
《丁鹤年诗集》，民国四明丛书本

G

《杲堂诗钞》，清康熙刻本

《更生斋集》，清光绪授经堂刻本

《古微堂诗集》，清同治九年刻本

《顾亭林诗笺释》，中华书局1998年版

光绪《定海厅志》，清光绪刻本

H

《海东逸史》，浙江古籍出版社1985年版

《宏智正觉禅师广录》，大正新修大藏经排印本

J

《剑南诗稿校注》，上海古籍出版社1985年版

《借树山房诗草》，上海古籍出版社2024年版

《借树山房诗钞附刻》，清光绪二年刻本

《金华黄先生文集》，四部丛刊初编本

《九灵山房集》，四部丛刊初编本

《菊涧小集》，汲古阁影宋钞本

L

《琅嬛文集》，浙江古籍出版社2016年版

《李长吉歌诗编年笺注》，中华书局2012年版

《林樾集》，明刊本

《旅日高僧东皋心越诗文集》，中国社会科学出版社2004年版

《履斋先生诗余别集》，彊村丛书本

M

《莽苍园稿》，凤凰出版社2010年版

《梅村家藏稿》，四部丛刊初编本

民国《岱山镇志》，民国十六年刊本

《默庵遗稿》，清康熙世㸑堂刻本

N

《南海普陀山志》（裘琏编纂），清康熙刻本

《南海普陀山志》（朱谨、陈璿编纂），清雍正十三年刻本

P

《蟠室老人文集》，清光绪葛带堂刻本

Q

《琴志楼诗集》，上海古籍出版社2004年版

《秋声集》，明洪武刻本

《全宋词》，中华书局1981年版

《全宋诗》，北京大学出版社1998年版

《全元诗》，中华书局2013年版

《全祖望集汇校集注》，上海古籍出版社2000年版

S

《三瓮老人诗》，清嘉庆刻本

《舒懒堂诗文存》，民国四明丛书本

《思伯子堂诗集》，清同治八年刻本

《四明清诗略》，中华书局 1930 年版

《宋濂全集》，人民文学出版社 2014 年版

T

《檀燕山藏稿》，明泰昌刻本

《逃虚子诗集》，清抄本

天启《舟山志》，影抄明天启何氏刊本

W

万历《普陀山志》，明万历刻本

万历《新修崇明县志》，明万历刻本

《晚晴簃诗汇》，民国退耕堂刊本

《王荆文公诗笺注》，上海古籍出版社 2010 年版

《王阳明全集》，浙江古籍出版社 2011 年版

《文山先生全集》，四部丛刊初编本

X

《新蘅词》，清光绪刻本

《徐渭集》，中华书局 1999 年版

《续甬上耆旧诗》，杭州出版社 2003 年版

Y

延祐《四明志》，清咸丰宋元四明六志本

《姚燮集》，浙江古籍出版社 2014 年版

《一山国师妙慈弘济大师语录》，大正新修大藏经排印本

《义丰文集》，宋淳祐三年刻本
《荥阳外史集》，文渊阁四库全书本
《羽庭集》，文渊阁四库全书本
《玉茗堂全集》，明天启刻本
《玉笥集》，清粤雅堂丛书本
《御选明诗》，清康熙四十八年内府刊本
《渊颖吴先生文集》，四部丛刊初编本
《元诗选二集》，中华书局1987年版
《乐章集校笺》，上海古籍出版社2016年版
《云外云岫禅师语录》，新编卍续藏经排印本

Z

《张苍水集》，民国四明丛书本
《正气堂全集》，福建人民出版社2007年版
《忠正德文集》，文渊阁四库全书本

后 记

作为"诗话浙江"丛书舟山分册,《咫尺是蓬莱》重在呈现舟山的发展历史、文化积淀与壮丽风光,抉发勇立潮头、海纳百川、同舟共济、求真务实的舟山精神,并积极推动浙江诗路文化和宋韵传世工程建设。

全书精选历代吟咏舟山的诗词一百首,作品遴选以经典性、在地性为标准。一方面,在名家名篇中优中选优,以展示舟山古诗词的宏伟格局、正大气象、文学特质和艺术蕴涵。另一方面,兼顾时代特点和地域因素:时间上,根据舟山自身的历史特点,选录作品由唐及清,且尤其关注明清时期;空间上,涵盖目前舟山市所辖定海区、普陀区、岱山县以及嵊泗县四个区县。所选作品按照朝代与作家的生年进行编排,并以经典的通行文本为主,择善而从,不作版本校勘。入选作者简要介绍生卒字号、履历成就、著述情况,以及与舟山的联系。每首诗词均设注释和赏析,注释重在作品的人名、地名、典故、专称以及疑字词释义,力求通俗畅达,简明扼要;赏析阐述作品的创作年代、产生背景、思想内容、艺术特色、地位影响,力求提纲挈领,要言不烦。

本书是集体编纂的成果,由中共浙江省委宣传部统一策划,中共舟山市委宣传部组织实施。主要撰稿人有:韩伟表(主编)、张涵轲(副主编)、刘辉、倪浓水、伍大福、黄灵霞、张明明、刘琨婷。其中，刘辉主持协调了全书编写工作，确定选目原则，并撰写前言。韩伟表、张涵轲、刘辉参与了从策划到定稿的整个过程，最后审定全稿，统一体例。本书编写过程中，得到了何信恩、程继红、楼正豪、孙峰、周苗、孙伟良等师友的鼎力支持和帮助，此外，还参考了大量专家学者的研究成果，限于体例，无法一一注明，在此一并致谢。

本书得以完成，感谢陈尚君教授领衔的丛书学术指导委员会的指导，感谢浙江古籍出版社的支持与努力，特别是责任编辑孙科镂先生的精心编校，保证了本书的出版质量。因为我们水平有限、时间仓促，本书难免存在错漏与不足之处，恳请读者批评指正！

本册编写组

2024 年 11 月

图书在版编目（CIP）数据

咫尺是蓬莱：舟山 / 丛书编写组编 . -- 杭州：浙江古籍出版社，2024.11.--（诗话浙江）.-- ISBN 978-7-5540-3194-0

Ⅰ．I222.72

中国国家版本馆 CIP 数据核字第 2024TG5571 号

诗话浙江
咫尺是蓬莱
丛书编写组 编

出版发行	浙江古籍出版社
	（杭州市拱墅区环城北路 177 号　电话：0571-85176989）
责任编辑	孙科镂
责任校对	张顺洁
封面设计	张弥迪
责任印务	楼浩凯
照　　排	杭州立飞图文制作有限公司
印　　刷	浙江新华数码印务有限公司
开　　本	880 mm×1230 mm　1/32
印　　张	8.375
字　　数	180 千字
版　　次	2024 年 11 月第 1 版
印　　次	2024 年 11 月第 1 次印刷
书　　号	ISBN 978-7-5540-3194-0
定　　价	42.00 元

如发现印装质量问题，影响阅读，请与本社印制部联系调换。